우리
이렇게
살자

우리 이렇게 살자
그대의 가슴을 향해 쓴
CBS 변상욱 대기자의 트윗 멘토링

초판 1쇄 발행 2014년 12월 20일

지은이 | 변상욱
발행인 | 이선애 · 채대광

발행처 | 도서출판 레드우드
출판신고 | 2014년 7월 15일 (제25100-2014-000048호)
주소 | 서울시 서대문구 홍제동 331 홍제현대상가 307호
전화 | 070-8804-1030 팩스 | 02-379-8895
e-mail | redwoods88@naver.com

값은 뒤표지에 있습니다.
ISBN 979-11-953324-1-0 03810

당신의 상상이 한 권의 책이 됩니다.
지혜를 나눌 분은 원고와 아이디어를 redwoods88@naver.com으로 보내 주세요.

우리 이렇게 살자

그대의 가슴을 향해 쓴
CBS 변상욱 대기자의
트윗 멘토링

변상욱 지음

CONTENTS

LOTTO

추 천 사

변상욱 대기자의 글을 읽으면 절로 자신과 세상을 돌아보게 된다. "넌 할 수 있어", "다 잘 될 거야"라며 '희망고문'하는 격려가 아니라 험한 현실을 버티고 이겨 내게 하는 통찰을 준다. 이 경험, 널리 공유하고 싶다.

조국 (서울대학교 법학전문대학원 교수)

책을 읽으면서 휴식 같다는 느낌을 가져 본 것은 정말 오랜만이다. 나에게 독서는 노동이고 일이다. 그렇지만 독서가 휴식이며, 선잠 자는 것 같은 아득한 곳으로의 여행이라는 것을 간만에 다시 일깨워 준 책이다. 책을 좋아하거나 책을 좋아하지 않거나, 머스트 해브 아이템! 책의 다른 차원을 열어 준다.

우석훈 (민주정책연구원 부원장)

정의와 진실을 갈구하던 기자들은 리영희, 송건호 선생을 따라 〈한겨레신문〉을 만들었습니다. 한겨레 기자들은 이들 선배 언론인들에게 늘 마음의 빚을 안고 삽니다. 다른 언론사의 기자들은 어떤 선배를 보며 마음의 기둥을 지을까 생각해 봅니다. 아마 CBS에는 변상욱 기자가 있어 힘이 났던 후배들이 많지 않았을까 생각합니다.

변상욱 선배의 감성과 지혜, 그리고 대나무 같은 언론인의 지조를 부드러운 솜털처럼 엮은 책《우리 이렇게 살자》를 읽으며 제 마음속으로 이미 대답한 것 같습니다. '네, 그렇게 살아 볼게요.'

삶이 팍팍하고, 마음의 여유를 찾기 어려운 사람들. 하느님을 섬기지만 하느님을 고민하는 사람들. 언론인이지만 언론이 뭔지 고민하는 언론인들과 이 책을 함께 읽고 싶습니다.

허재현 (한겨레신문사 기자)

힘든 일을 얘기하며 징징거려도, 기쁜 일을 얘기하며 펄펄 뛰어도 언제나 비슷한 반응을 보이는 선배. 함께 흥분하지도, 함께 열불을 내지도 않고 빙긋이 웃을 뿐 별말이 없는 선배. 그 속이 궁금했습니다. 잔잔한 그 수면 밑에는 무엇이 있는 걸까 들여다보고 싶었지요.

곁에서 지켜보며 알게 된 건 끊임없는 치열함이 있기에 그 평온함이 유지된다는 것입니다. 한 걸음 한 걸음 '허투루' 살지 않기 위해 '서늘한 걸음'을 옮기는 선배의 뒤를 조용히 따라가 봅니다.

장주희 (아나운서, CBS 홍보팀장)

CHAPTER

01

나는 그냥 살고 싶다

움켜쥔 손의 힘을 빼고
손바닥을 펴는 순간
무한의 공간이 손바닥에서 열립니다.
편안하며 유쾌합니다.
이 탁 트인 자유를 즐기세요.

삶 속에서
깨어나세요.

세모歲暮.

묵은해를 보내고 새해를 맞으려 하시나요?

하늘을 올려다보세요.

어제도 오늘도 내일도 그 하늘입니다.

무엇이 묵은 것이고 무엇이 새로운 것일까요?

우리가 어리석어 꿈속에 살 뿐.

우리가 스스로 새로워지면 됩니다.

혹시 사는 모습에 금을 그어, 사람의 나이를 물으며

묵은 것, 새것을 따지신다면

하늘을 보시길.

변명하지 말고
증명하십시오.

당신이 누구인지…….
당신이 누구인지를 확인했다면
그다음엔 그 영혼을 보여 주십시오.
그것이 온전한 삶입니다.

사람이 자신의 내면세계를 이루어 간다는 것은
자기 안에 아늑한 피신처나
호젓한 공간을 갖자는 게 아닙니다.
그곳은 오히려 갈팡질팡 헤매고 길을 찾기 위해
진땀을 흘려야 하는 치열한 공간입니다.
삶을 꾸려 가며 늘 스승이 목마르고
한 마디 가르침이 아쉽다면
자신의 내면이 익어 가고 있는 것입니다.

글을 쓰며 가끔은
사람들에게 꼭 전하고 싶은
마지막 한 마디를 먼저 써 놓고
그 말에 맞는 주제와 이야깃거리를
자기 삶에서 건져 올려 이어 보세요.
인생도 그런 것입니다.

떠날 때 남길
한 마디를

미리 써 놓고
거기에 어울리는 삶을 살면,
그것이 자신의 정체성 아니겠습니까.

포도는 늘 포도주로 변하고 싶어 합니다.
그대로 죽은 듯 멈춰 있지 못하죠.

살아 움직이고
변하는 건

우리의 숙명입니다.
그렇다면 나는 무엇이 되어 가는 중일까요?
여러분은 무엇이 되려 하십니까?

내가 내 자신이 되고자 해도 세상은 인정하지 않습니다. 어떨 땐 이런 이념을 따르라고 하고, 어떨 땐 갖가지 이름표를 붙이며 맞지 않는 명분과 요구로 나를 가로막습니다. 세상에서 내가 나 되려는 싸움은 이처럼 격렬하며 생의 끝까지 싸워 가야 하는 길고 힘든 전쟁 같은 것입니다.

자기 자신을 찾으려 한다고 하지만 그 말은
'내 자신을 만들어 가겠다'라고 해야 더 정확합니다.
우리는 늘 자신을 어떤 모습으로 만들고 있는 겁니다.
인생은 끊임없이 계속되는 창조적 경험이거든요.
세상 그 어디에 완제품이 된 그대가 있겠습니까?

유럽의 주교나 추기경의 대다수가
벤츠, 아우디, BMW를 몰지만
교황은 작은 르노를 타고 다닌답니다.
30년 된 중고차라고 들었습니다.
이러한 프란치스코 교황의 이야기를 접할 때마다
따뜻한 위로를 받습니다.

존재 자체,
행동 하나가
위로가 되는

그런 사람이 되고 싶습니다.

나

는

화살처럼 살고 싶습니다.
온몸을 던져 과녁을 향해 쏘아지고
과녁에 꽂혀 남은 생을 떨어 울리는,
그런 삶 말입니다.
하루하루, 한 걸음 한 걸음에
생명을 실으십시오.
한 번의 발사는 하나의 생명입니다.

왜 남보다 잘 하려는 데 심력心力을 허비합니까?
어제보다 오늘이 한 발이라도 앞으로 나아가고,
더 나은 내가 되는 것이 최선입니다.

당신은 정말 특별한데,
당신만 그걸 모르고 있군요.

'멘붕'이 왔을 때 중요한 건 슬픔을 대하는 자세입니다.
슬픔을 부끄러워하거나 거부하지 마십시오.
부조리와 모순을 슬퍼하는 능력을 상실한다면
그 가슴은 희망도 잃습니다. 새로운 사랑을 여는 데에는
과거의 아픔도, 그리고 슬픔도 필요한 법입니다.

인생에서 가장 큰 상실은 죽음이 아니라
우리가 살아 있는 동안 우리 안에서
어떤 것이 죽어 버리는 것입니다.
별에 이를 수 없는 것은 불행이 아닙니다.
불행한 것은 이르고자 하는 별을 갖고 있지 않는 겁니다.

당신만의 독특한 자신이 되면 그만인 겁니다.
내 존재 자체가 진실이고 깨달음이니까요.
울고 웃고 춤추길 바랍니다.
신神도 그걸 바라십니다.

고마운 비, 정겨운 바람, 고요함 속에서
스스로 위로할 줄 아는 나…….
벅찬 일과를 끝내고
귀가하는 저녁 길에 만나는 선물들입니다.
존재하는 것만으로도 축복이며
살아 있다는 것이
이리도 성스럽다는 가르침을 떠올립니다.

느림과 소박함은

나답게 살겠다는 단호한 의지에서 나옵니다. 앞날을 통찰하고 이웃을 배려하는 사람들에게 허락된 삶입니다.
그만큼 치열한 행동입니다.

눈송이도 저마다 내릴 곳에 내립니다. 크고 작고 귀하고 천하다는 구분 없이 저마다 제자리로 내립니다. 세상의 이치가 그러한 것이거늘, 사람들이 어지러워 빈부귀천을 나눠 차별하고 이리저리 편을 가르는 것입니다.

외로움은 사람을 그리워하는 것이고,

호젓함은 자신을 즐기는 겁니다.

혼자 있게 되면

자기 생애에서

가장 소중한 사람과 함께 있는 그 시간을

마음껏 즐기십시오.

바로 자신을 말입니다.

어떻게 살아야 하느냐고요?

자신이 의롭다 자부하지 말고,
일단 끝난 일은 걱정하지 말며,
먹는 것과 말하는 것을 줄이십시오.
그리고 하나님을 찾으십시오.
하나님이 계시는 곳이 아닌!

“

낙엽이 뒹구네요.
우리도 저 낙엽같이 사라지고 말겠죠.
그럼 대체 뭐가 남는 걸까요? 스승님?

”

· · · · · ·

“

그때야말로
황금빛 가을이 남겠지.

”

오늘 나는
무엇을 위해 사는 게 아니라
그냥 살고 싶습니다.

서점에서 책을 고르며 생각해 봅니다. '중요한 것은 답이 아니라 질문이다. 그렇다고 단순히 호기심에 묻는 얄팍한 질문만 이어가서는 안 된다. 하나의 존재로서 스스로 문제가 되고 질문이 되어 온몸으로 부딪혀 가며 그 이야기를 적은 책이어야 한다. 지나온 일생 동안 나는 어떤 물음을 던져 왔었나? 이렇게 묻게 한 더 큰 질문은 무엇이었나?'

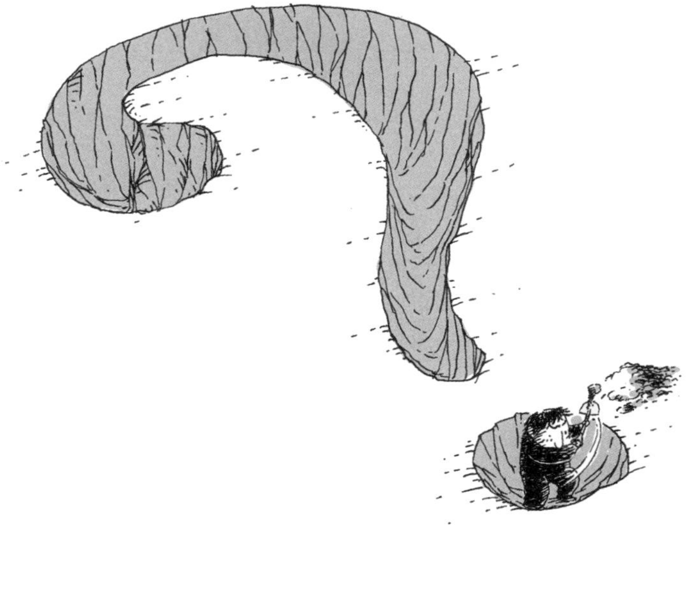

깨우침이란

어렵고 복잡한 경지가 아닙니다.
내가 평범한 사람이란 사실이
편안하고 유쾌하게 느껴지는 겁니다.
부드러우면서도 비굴하지 않고,
강하되 드러나지 않고,
탕탕하여 막힘없고,
굽은 것을 버리고 곧은 것을 잡으면
문득 찾아오는 그것입니다.

대학 강의나 강연에서 만난 청춘들이
자신의 목표를 이루어 가고
사회에서 만나 악수를 나누며
오히려 나를 격려하네요.
'그래, 꿈이란
머리로 꾸고 생각으로 꾸미는 게 아니지.
가슴으로 느끼고
손으로 만들고 발로 다져 가는 거야!'

자기의 이름을 포함해 신념과 소신…… 그리고 나였던 모든 것이 어느 순간 지워져 아무것도 남지 않게 된 그때, 역사는 더 명료하고 투명하고 단단해집니다.

그리고 다시 역사 속으로 보다 담담히,
단호히 걸어 들어가는 것,
그것이 깨달음이죠.

일이란
당신의 기쁨, 즐거움이
세상의 배고픔과 만나는 겁니다.
일해도 기쁘지 않고,
당신의 존재로부터 흘러넘치는 게 아니라면
당신은 일을 하면서도 자신을 잃어 가게 될 것이고
세상은 더 배고파질 겁니다.

착하고 바르고자 하는 길은 쉽지 않습니다.
나쁜 뜻과 욕망에 당하기 십상입니다.
그렇기에 선한 것은 담쟁이처럼 나아가는 거죠.
뛰어넘을 수 없으면 기어오르는 겁니다.
담쟁이는 서두르지도 물러서지도 않습니다.

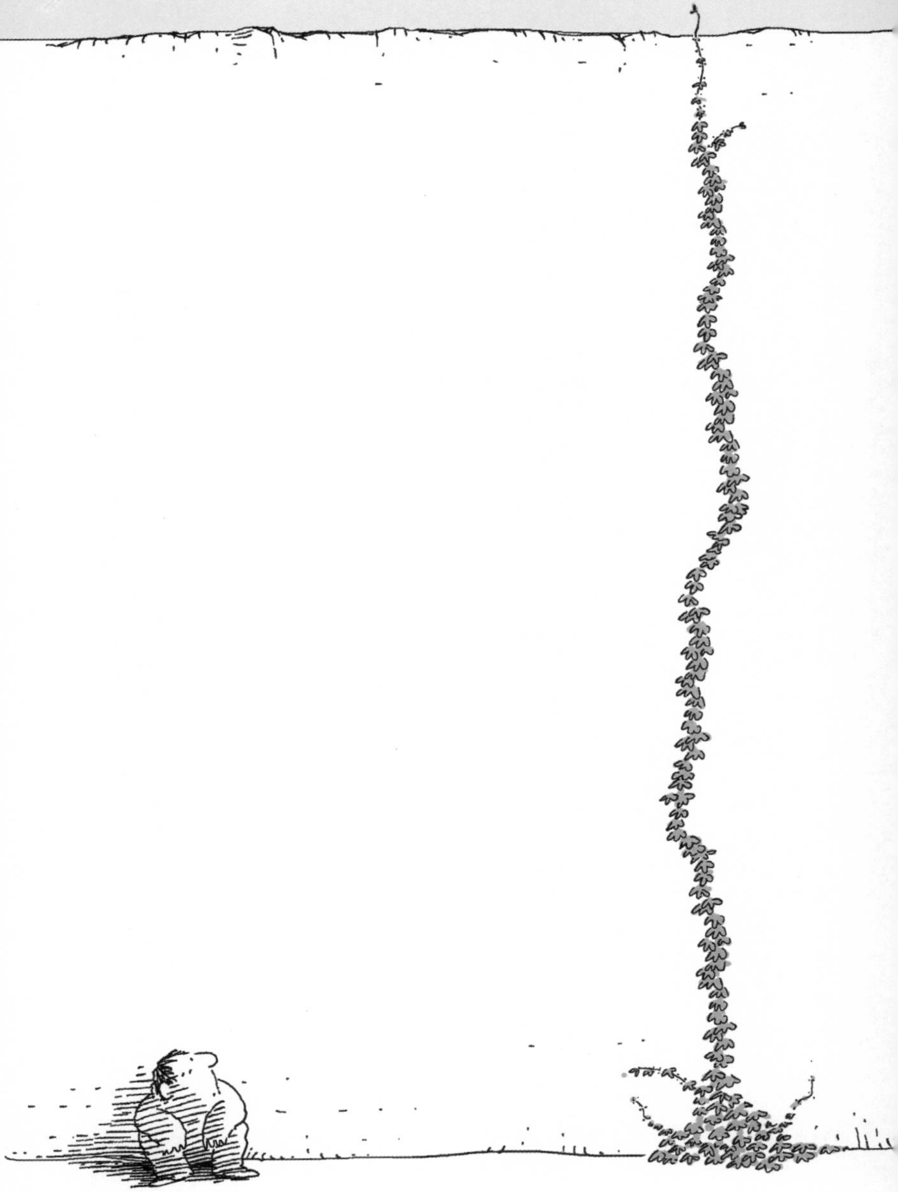

"우리
치사하게
살지 말자."

내게 소중한 좌우명 중 하나로
스승께서 일갈하신 건배사입니다.

휴가 첫날, 욕실 청소를 하고 거실 정리를 한 다음,
서재 거치대 위에 걸려 있던 칼들을 꺼내 닦았습니다.
오랜만에 느껴 보는 친근한 서늘함.
"칼은 마음입니다. 이기려는 검도를 하지 말고
훌륭한 검도를 이루려 하십시오."
선생님들의 당부가 떠오릅니다.

죽을 만치 뛰거나 장이 뒤틀려 본 사람, 억울함에 숨이 막혀 본 사람은 알 겁니다. 무릎을 꿇고 몸을 땅에 붙여 낮춘 자세가 막힌 숨통을 틔워 주는 최적의 생존 자세란 걸. 힘들면 부끄러워 말고 몸을 낮춰 울고 기도하십시오.
그게 사람다운 겁니다.

안정과 욕구 충족을 향한 인간의 본능은 끈질기고 깊습니다. 마음을 비우라는 교훈이나 진리를 따르라는 계명조차도 돈벌이에 이용되고 권력 다툼 과정에서 흩날립니다. 더 큰 문제는 남의 억지나 모순은 잘 보여도 자기 것은 찾아내기 어렵다는 것입니다.

인

생

은

숨을 쉰 시간의 합이 아니라

숨이 멎을 듯한
순간의
합입니다.

물론 인간은
탐욕스럽고 다른 존재에게 폭력적입니다.
하지만 안으로는 가난하고 외로움도 짙고,
언제라도 비참에 떨어질 수 있는 존재지요.
인간에게 상처를 내보세요.
불안과 괴로움, 두려움, 공포, 고통이
진득하니 배어 나올 겁니다.
그게 사랑할 수밖에 없는 인간의 모습입니다.

삶을 성공적으로 꾸려 가는 비결 중 하나는

하루에 한 사람씩
행복하게
만들어 주는 겁니다.

여럿을 행복하게 할 기회가 온다면 행운이고,
자신을 행복하게 만들 기회가 온다면
그 기회를 놓치지 마십시오!

기꺼이 내주어야 하고,
내줄 수 있었는데
그렇게 하지 않았다면
그것은 잃어버리고 만 것입니다.

교회 체제와 교의에 꽤나 비판적인 제가 최근 아침 예배에 꼬박꼬박 참석하자 사람들은 '뭘 위해 기도하느냐?' 고 묻네요.
내 기도 제목은 하나입니다.
"하나님과 나 사이에 하나님마저 없게 해달라고!"

나의 삶은 더 치열해야 했습니다.
나의 싸움은 더 뜨거운 사랑이었어야 합니다.
그랬어야 합니다.
리영희 선생, 성유보 선배의 빈소를 나서며
그것을 생각했습니다.

이상합니다. 나이가 들면서
빈 골목길에 사람들 휘적휘적 다닌 흔적이 느껴지고
하늘에는 새들 지나간 흔적도 어렴풋이 보입니다.
사람들이 자꾸 아파진단 말이지요.
아, 병인가 봅니다.

그대는
무엇을 위해
몸부림칩니까?

나는 내 영혼을 증명하기 위해 달립니다.
그렇기에 나는 서럽게 울면서도
또한 결코 울지 않는 것입니다.

현실에 만족할 줄 알라는 건 꿈을 포기하거나 노력하지 말라는 이야기가 아닙니다. 예를 들면 이런 거죠.

"태어날 아기가 남자든 여자든,
더 이상 바랄 게 없습니다. 뭐든 좋습니다!"

죽으면 영혼은 하늘로 올라갑니다.
육신은 땅에 묻히고요. 그렇다 칩시다.
그럼 도대체 나 자신은 어디로 가는 건가요?

영성이든 구도든 뭐라 부르든 간에
진실 된 삶의 길을
추구하기란 참 어렵습니다.
내 안에 있는 길인데
내 밖에서 찾으려 헤매기 일쑤이고,
'내 안'에 있음을 알아도
'내 안'이란 것이 '내 밖'에 있음을
터득해야 하니 말입니다.

정의가 세상을 구할 것처럼 보이기도 하지요. 하지만 현실에선 그걸로 부족합니다. 세상을 구하는 데 요긴한 건 화해입니다. 부부싸움만 해도 끝내 시시비비를 가리자고 하면 어찌 되겠습니까? 종종 정의는 복수를 뒤에 감춘 변장술일 때도 많기에 그렇습니다.

고통과 슬픔,
기쁨에 있어서

사람들은 같은 존재이고
평등한 존재이지요.
그러나 그다음은 그렇지 않아요.
기쁨을 독식하거나 과식하려 하고,
고통의 책임이나 결과를
다른 이에게 떠넘기려는 사람들이 있거든요.

무엇을 안다는 것과
무엇에 대해 안다는 것은

많이 다릅니다.

술을 아는 것, 술에 대해 아는 것…….

시대를 질주하는 이념과 신조들도 그렇고,

내 곁의 사람들에게도 나의 앎이란 왜곡되기 일쑤입니다.

나는 자존심과 허위의식을 던져 버리고

그냥 인간이 되었으면 좋겠는데…….

죽음은 잘못된 것일까요?
조금이라도 더 살려는 건 늘 올바른 것일까요?
내 죽음의 정의로움과 더 사는 것의 불의함을,
머리로 이해하는 것을 넘어
진정으로 받아들일 수 있다면 좋겠습니다.
"그래, 나는 내게 선물이었어"라고
웃음지을 수 있다면…….

마음을 기울여
늘 힘쓸 일은 명확합니다.
곧은 길로 가는 것, 그것입니다.
정직하게 생각하고 의롭게 행동하고
신의를 지키고 자신의 성정을
닦아 나가는 것입니다.

CHAPTER

02

어렵지만 같이 가볼 텐가?

그대가 어떤 서클이나 조직에 소속되어 있는데
그곳의 단결력이 강하고 배타적이라면
거기에 너무 힘을 쏟거나 얽매이지 마십시오.
동창회, 친목회, 교회도 마찬가지입니다.
그대 삶의 가치에 진정 중요한 일은
오히려 그곳이 아닌 다른 곳에서
벌어지고 있거든요.

우리는 누가 뭐래도 행복하고 즐겁고자 존재하는 겁니다. 즐거움을 놓치면 모든 걸 놓치는 거죠. 모두 함께 즐거울 수 있으면 좋겠는데 그게 어려울 뿐입니다.

심호흡은 단지 깊이 들이마시는 것을 의미하지 않습니다. 들이마시고 내뱉는 것이 둘이 아니고 하나이니까 먼저 깊이 내쉬면 자연히 깊이 들이마시게 됩니다. 그 대신 깊이 받아들인 것을 온몸으로 돌리는 걸 배우십시오. 그러려면 몸은 그 에너지에 긴밀하게 안정적으로 반응할 수 있도록 똑바르게 정돈되어 있어야 하고 마음은 차분해야 합니다. 삶에서 비우고 채우는 것도 마찬가지 이치입니다.

땅 속의 뿌리, 길 아래 수도관…….

귀중한 것은
겉으로 드러나지
않습니다.

'술 향기는 깊은 골목을 두려워하지 않는다'는 중국 속담이 있습니다. 좁고 어두운 곳을 두려워 마세요. 망설이고 주저하고 낙심하는 자신을 경계하십시오.

가까운 사람과의 화평은 어렵습니다.
이런 상황에 도움이 될 만한 생각이 있습니다.
"나는 어쩌다 생겨나고 이 사람은 어쩌다 생겨났을까?"
그리고 또 하나.
"난 죽어가고 있다.
그리고 이 사람도 죽어가고 있다."
이 말들의 진정한 의미를 체득한다면
화평에 도움이 될지도 모르겠습니다.

자신의 사명을 알고자 한다면

자신을 들여다보는 것부터 시작하세요.
하늘이 심어 놓은 본성의 존재를 알아차려야죠.
그러려면 늘 침착하고 평온해야 합니다.
몸과 마음을 함께 단련해
자신을 다스릴 수 있어야 얻는 법입니다.

무엇을 위해,

누구를 위해 일할 건지 먼저 결정해야 합니다.
명성을 좇는다면 늘 초조해 애가 탈 것이고
권력을 좇는다면 눈에 뵈는 게 없어지겠지요.
그럼 뭘 따라야 하나요?
그 자리엔 아무것도 두지 마십시오.
그대 자신조차도 두지 마십시오.
그 자리는 너무 크고 위대해
세상 것들 중에 가져다 놓을 것이 없습니다.

따뜻한 미소와
유머 감각.

이 둘을 잃지 말고 늘 함께 지니고 살아가세요.

그건 기분이나 성격을 넘어서서 세계관이자 철학입니다!

어떤 일을 할 때는 그냥 잘 풀리는 것도, 필요할 때에 맞춰 발생하는 우연도 없다고 여기십시오. 스스로의 힘과 자제력을 기르십시오. 도와주는 이가 없는 건 그대의 삶, 그 치열한 투쟁에 감히 경의를 표하느라 함부로 끼어들 수 없어 그런 겁니다. 스스로의 의지를 움직여 그 능력만큼 만들어 내는 것이 운명입니다!

시간 활용법이요?

시간을 붙잡으려 하지 말고
꿈을 부여잡으려 힘쓰십시오.

과거에 대한 무한한 감사,
오늘에 대한 끝없는 헌신,
미래에 대한 진지한 책임…….
인생의 깊이는 이런 것들로 더해집니다.

사람 사는 데는 그저 땅이 좋습니다. 땅을 공경하고 땅을 딛고 땅과 함께 가세요. 높은 자리, 지붕 높은 집, 과한 욕심보다 소박하고 겸허한, 땅과 가까운 아래 자리로.

행복은

평온한 마음이고
고요한 시간이고
따뜻한 친구들이고
좋은 책이고
즐거운 만남입니다.
그대도 여럿 갖고 있으시죠?

뛰면 춤추지 못하고
요란하면 진실에서 멀어집니다.
경건하고 고요한 느린 걸음이
진리에 가장 먼저 다다릅니다.

날마다
좋은 날 되소서!

어찌 그리 되느냐고요?

좋은 날에도 잘 지내고,

좋지 않은 날에도

잘 지내면 되는 겁니다.

도랑이 되지 말고 샘이 되어야 한다던 가르침을 이제 알 듯도 합니다. 도랑도 있어야 하고 큰 강도 있어야 하는 것 아니냐고 투덜대던 시절이 있었습니다. 그러나 샘이 많아지면 도랑은 파이고 결국엔 강도 만들어집니다.

어렵지만 해볼 건가요?
마음에 들지 않는 걸 피하지 말고
정면으로 마주하십시오.
품든지 넘어서든지 하라고요.
그리고 살면서 맞닥뜨리는 낭만적이지 못한
멋대가리 없는 일들이 있거든
그걸 낭만으로 바꾸세요.
그걸 배워야 합니다.

인생을 사는 데 도움이 된 교훈 중 가장 멋진 건 이거였습니다. 꼬맹이들이 놀이터에서 돌림판을 힘차게 돌리다가 폴짝 올라타더니 환호성을 질렀습니다.

"야호, 신 난다! 이게 인생이야."

그렇죠, 이게 인생이죠.

자기소개서를 작성하거나 면접을 볼 때
'인생을 돌이켜 보라'고 하면
어디서 태어나 어느 학교를 다녔고
무엇을 스펙으로 준비했는지를 이야기합니다.

그게 아니라,
당신의 인생에 들이닥친 일,
당신의 인생에 지워진
고뇌를 가지고 무얼 했으며,
당신의 심장이
무엇에 요동쳤는지를
묻는 겁니다.

비우고 내려놓을 거라고 쉽게 말하지만, 어렵고 멀기만 한 일입니다. 비우고 내려놓는다는 건 내 자신에게 가혹하고 부끄러운 진실을 끌어안는 것이기 때문입니다. 진실에 몸서리치며 저항하려 하면 더 멀어집니다. 그러나 진실을 끌어당겨 겸허히 품어 안으면 가슴속에 잠재했던 힘이 깨어납니다.

"이봐. 건방 떨지 말고 살아.
힘을 주면 역사가 보이지 않아."

장일순 선생님의 말씀 하나를 잡고 빗속을 걷습니다.

우리는 지금껏
일은 너무 많이 하고
삶은 너무 적게 누렸습니다.

그렇게도 자유롭고 싶었는데
알고 보니 자유는 사랑에서 오더라고요.
나의 삶을 사랑하십시오.

침묵하라는 건 말을 하지 말라는 게 아닙니다.
침묵보다 나은 말이 있다면
하라는 겁니다.

나아갈 때는

남의 도움에 기대지 않고

물러날 때는

남을 탓하지 않습니다.

칼을 겨누고 서면 '반응은 작게, 행동은 크게' 가져야 합니다. 상대나 외부의 자극에 마음이 흔들려 놀라고 두려워하고 의심하고 주저하는 '경구의혹驚懼疑惑'을 떨쳐 내면 침착하고 평온한 평상심을 얻습니다. 그런 다음 모든 것을 걸고 한 칼 휘두르는 거지요.

노래 부르며 가든
울면서 가든 길은 마찬가지입니다.
쥐어짜듯 괴로워 말고 죽은 척하지도 마십시오.
순간은 스쳐 지나는 영원입니다.
지금 짜증 내고 원망하며 살면
영원히 그렇게 사는 거고,
일어나 힘껏 노래하면
영원히 그리 사는 거라 여기십시오.

부족하고
어리석은
자신을 따뜻하고 편안하게 느끼고 대할 수 있으면
거기가 바로 깨달음의 자리입니다.

그대의 물건,
그대의 모습에 대한 관심을 덜어내고

그대의 존재에
더 관심을 기울이십시오.

그대가 선하면 그대의 삶도 선해지고
그대의 물건도 풍족해지는 겁니다.

여기를 눌러 봐도 아프고 저기를 건드려도 아프고 온 사방이 다 아프면 그건 손가락이 부러진 것일지도 모릅니다. 여러분 마음의 손가락을 매만져 보십시오.

누가 뭐래도 생의 목적은
인간을 꽃 피우는 겁니다.
인간을 핍박하고 인간다움을 모욕한 이들…….
그들의 자리나 권세는 빛났을지라도,
생은 썩고 병들었습니다.

비어 있음.

다른 이에겐 아름답고

내게는 고요합니다.

가치 있다는 것은 무엇일까요? 여러 기준이 있겠지만 심어서 자라는 것들은 대부분 가치가 있습니다. 곡식, 사랑, 아이들……. 가만있자, 돈도 자라나던가요? 그건 불어나는 거지 자라는 건 아니죠. 전쟁에서조차도 가장 가치 있는 사람은 변함없이 농사짓는 사람입니다.

우리는 자신에게
너무 많이 외치고 주절댑니다.
불안, 혐오, 소망, 절망, 몽상…….
쉴 새 없이 이야기하고 그것으로 세상을 만들죠.
털고 나가십시오.
과거는 어떠했고 미래는 어떨 거고,
무엇을 해야만 한다는 생각을 떨치고
오늘을 만납시다.

초가집 지붕 조롱박에게는
보름달이 우상입니다.
달이 물었습니다.
“넌 커서 뭐가 될 거니?”
“바가지가 되어 사람들에게 물을 떠주겠죠 뭐.”
“허, 내가 수만 년이 지나도 못할 일을 네가 하는구나!”

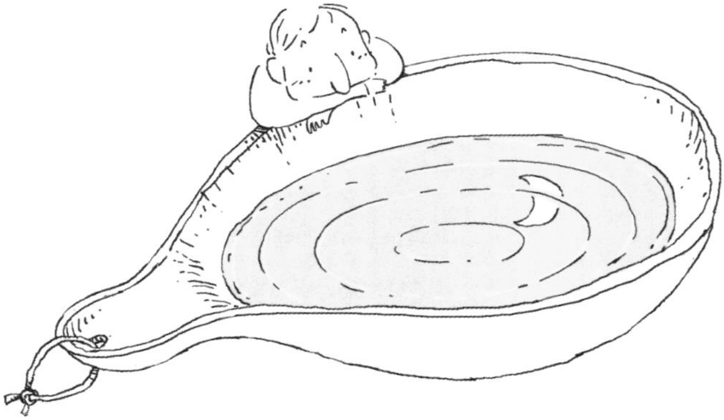

스승께서 그러셨습니다. "훌륭한 사람이 되어 남을 가르치겠다고? 아서라. 그저 남을 순수한 마음으로 대할 수 있도록 힘쓰길. 칭찬과 존경은 피해 다녀야 해. 네 영혼이 고갈되고 견고함을 잃는다."

평소 사용할 때는 편리하지만 뛰어넘어야 할 말들이 있습니다. 공과 사, 추함과 깨끗함, 정상과 비정상. …… 이런 말을 쓰려면 다른 누군가를 배타적으로 밀어내야 하기 때문이죠. 우리가 추구할 가슴의 길은 그 모두를 감싸 안고 가는 것입니다.

고통은 두렵고 슬픔은 무섭습니다.
약해지려고만 하는 내 마음도 두렵고요.
이럴 때는 가슴을 훌쩍 열어
그 감정들이 들어오게 하세요.
나를 관통해 지나가게 하는 겁니다.
어떤 느낌, 어떤 감정도
두려워하지 않는 힘은 이러한 가슴의 힘에서 나옵니다!

해는 날마다 뜨지만 매일 동이 트는 건 아닙니다. 우리가 깨어 눈을 뜨고 맞이하는 그 날만 동이 트는 것입니다. 마음을 여세요. 가슴을 뜨겁게 하고 깨어서 동이 터오는 걸 바라보세요. 거기에서 나아가, 세상에 동이 터 오르게 하십시오!

화경청적, 和敬淸寂

온화하고 삼가며 맑고 고요하다.
이 네 가지 품성을 각각 다른 것으로 여기면
오의奧義를 놓칩니다.
그 모두는 서로 의지하고 떠받치며
하나로 꿰어져 있습니다.

오로지 이 길만 따라가면 절대로 잘못될 리 없는 그런 길이 있을까요? 칠전팔도七顚八倒, 즉 일곱 번 구르고 다시 일어섰다가 여덟 번 자빠지는 것이 바로 그 길입니다. 이것은 넘어지지 않는 자는 알 수 없고 다시 일어서지 않는 자도 알 수 없는 길입니다.

숭고함이란 뭘까요?

아메리카 인디언들에겐
그 사람이 촉촉한 가슴을 지니고 있다는 걸 가리킵니다.
슬픔과 자비, 부끄러움과 고통으로
눈물을 흘리며 사는 것이
사람의 근본을 깊고 부드럽게 만듭니다.

심신의 그릇이 온전해야 진실됨의 물이 고이고 진실됨의 물이 고여야 지혜의 달이 비추이는 법입니다. 무릇 몸가짐을 바로 하고 고요함을 지킬 일입니다.

세상이 이렇게 확 바뀌었으면 하고 바라는 게 있지요? 네, 그겁니다. 우리 자신이 바로 그 변화가 되는 것입니다. 그대를 바꾸십시오. 그러면 세상이 바뀝니다. 크게 바꾸기 위해서 꼭 극적인 변화가 필요한 건 아닙니다. 작은 실천, 작은 변화부터 쌓고 모으는 게 크게 바꾸는 길입니다. 달이 점점 커지듯, 새순이 돋듯 그렇게 말입니다.

마구 기뻐하지도 두려워하지도 않기를.

혼자서만 깊이 고민하지도 말고,

나를 가두지 말고 나아갈 수 있는 만큼만 늘 앞으로 가기를.

행복은 기분과 감정이 아닌

결의이자 태도입니다.

아프면 먼저 나 자신에게 절을 하죠,

미안하다고. 함께 아파하는 사람에게도 절합니다.

걱정해 주는 사람, 묵묵히 자기 자리를 지켜 준 사람에게도,

내 방과 내 옷, 한 잔의 물에게도 절을 합니다.

네가 있어 정말 고맙다고.

사람이 꽃보다 아름답습니다.
꽃의 향기는 세찬 바람을 거슬러 퍼져 나가지 못하나 진실 되고 덕 있는 사람의 향기는 어려움 속에서 더욱 진하고 바람을 헤치며 멀리 퍼지니 그러합니다.

곁에 있거나 만나거나 스쳐 지나는 누군가가 똑똑하고 못나고 잘 통하고……. 이런 문제보다 훨씬 중요하고 절박한 게 있습니다. 그건 그들도 아프고 아파하고 아프지 말아야 한다는 겁니다.

근자에 정말 지치고 힘들며 괴로울 때면 어떻게 해야 하느냐는 질문을 받았습니다. 별 답을 내놓지 않았습니다. 자기가 자기 식대로 하다 보면 될 것이기 때문입니다.

늘 스스로에게 빛이 되십시오!

두 손 모아 합장한다는 뜻은
한편으로는 이러합니다.
왼손이 오른손을 떠받치고자 자신을 기울여 가면
오른손은 왼손의 결의를 가슴을 열고 맞아들이는 겁니다.
그대 안에는 굳은 결의와
헌신이 모두 싹터 있습니다.
그것을 마주 잡으십시오. 합장 발원!

"우리의 마음은
깊은 수렁을 만들어 내고
우리의 가슴은
그것을 건너게 한다."

사념은 상상 속에서
많은 문젯거리들을 만들어 냅니다.
우리가 몸서리친 많은 불행이,
지나고 보면
일어나지도 않은 것들이 태반입니다.

사람의 삶은
모든 순간에 어려운 문제이면서
숭고한 사명입니다.

허투루
살지 마십시오.

사물보다 행실에 진지하십시오.

성공은 비범한 재주를 발휘해
성취하는 것이 아닙니다.
처음부터 끝까지 한결같은 마음가짐으로,
상식을 저버리지 않은 헌신에 의해 얻어져야 값진 것입니다.

우리는 이것들을 배워야 합니다.
역사 속에 뭔가를 우뚝 세워 빛나려 하지 않고 소박하게 사는 법, 분노와 원한을 갚지 않고 느긋이 사는 법, 우리 영혼의 최종 목적지인 자신의 존재 속으로 즐거이 들어가는 법.

'천상천하유아독존'이 네가 골목대장이니 멋지고 당당하게 살라는 말이라고요? 아닙니다. 그건 이웃과 주위의 생명을 위해 힘쓰라는 뜻입니다. 누군가의 목마름은 우리 모두의 목마름이라는 아프리카의 '우분투'와 같은 것이지요. 나와 남, 나와 세상을 구분 짓지 않으니 천상천하가 나로 묶이고, 나와 남의 처지를 구분 짓지 않으니 네가 있어 내가 있다는 것입니다. 사람이 사람인 건 사람을 통해서만 가능합니다. 인간에 대한 존중은 이것으로 이뤄집니다.

인간을 꽃 피우는 게 뭐냐고요? 대박이나 걸작 같은 걸까요? 다른 방법도 있습니다. 인생을 찬찬히 들여다보면서 진정 소중하지 않은 것들을 모조리 떼어 내는 겁니다. 특히 내 자신이 아닌 세상이 강요한 것들을.

벌새는 유체역학상 비행이 불가능한 몸 구조입니다. 그런데 벌새는 이게 무슨 말인지 알지도 못하고 생각해 본 적도 없습니다. 그래서 그냥 날아다닙니다.

희망은 아침 식사로는 좋지만
저녁 식사로는 별로라고 하지요.
희망보다는 느긋한 열정이
저녁 식사로는 좋습니다.

무엇을 얻거나 비결을 써서 잠깐은 행복할 수도 있겠지요. 하지만 순후한 삶의 여정과 그 결실로 얻어지는 행복이 진짜입니다. 무엇보다 물질, 명예가 아닌 '살아 있음'에 도취되는 것, 그게 진짜 행복의 원천이지요.

직장에서의 성공이란?

당신이 즐기는 일을,
당신이 좋아하는 사람들 속에서,
당신이 원하는 방식으로 행하는 것입니다.
간단해 보이지만 비우고 내려놓고
인내하고 사랑하는 법을 익히지 않고는
불가능한 일입니다.

일에 성공하려면 두 가지가 필요합니다. 첫째는 적절히 잘 짜인 계획이고, 그다음은 시간이 넉넉하지 않고 빠듯해야만 합니다. 제가 책을 쓰고 엮은 시기들을 보면 여러 일을 하느라 가장 정신없이 바쁠 때였습니다. 그래서 저는 스스로에게 시간 없다고 변명하며 일을 미루지 말자고 다짐합니다.

세상에 '빨강'이나 '2'라는 건 존재하지 않습니다. 붉은 사과나 너와 내가 실체로 존재할 뿐이고, '빨강'이나 '2'는 둘의 관계를 나타내는 말이지요. 실체를 놓치지 마십시오. 사랑도, 민주주의도 마찬가지입니다. 그것은 눈으로는 보이지 않는 관계의 흐름입니다.

자신감은 많은 지식으로 많은 질문에 대한 답들을 알았을 때 생기는 게 아닙니다. 모든 의문과 모순을 받아들일 준비가 되었을 때, 내가 대단하고 똑똑한 사람이 아닌 걸 편안히 받아들일 때 자신감이 생깁니다. 그리고 그런 준비가 되어야 비로소 이웃도 품게 됩니다.

세상을 살면서 생기는 이런 저런 문제들은
시간이 해결해 줍니다.
그런데 시간이 해결 못하는 문제들도 있습니다.
그래서 인생인 거죠.

세상에 왜 그리 미치광이 같은 인간과 해괴한 일들이 많고 제대로 된 게 별로 없을까요. 궁금하지요? 그 이유는 미치는 건 개성에 따라 제각각 다양하지만 상식은 하나밖에 없으니까요.

겐샤이.

누군가를 대할 때 그가 스스로를 작고 하찮은 존재로 느끼게 해서는 안 된다는 뜻입니다. 그러니 구걸하는 이에게 동전 한 닢을 내밀더라도 눈을 바라보며 두 손으로 그의 손 위에 공손히 올려놓아야 합니다.

부디 삶을 즐기십시오.
과식하진 말고요!

즐길 줄 모르는 것도 답답하지만
과식하는 사람 곁에 있는 것도 힘든 일입니다.
관계나 희락에서도 과식이 있습니다.
특정인에게 매달려 사는 것도 과식이고
찰나적 쾌락이나 희열에 빠지는 것도 과식입니다.
멋있어 보이는 거랑 함께 사는 건 다르니까요.
즐거이 즐길 줄 아는 사람을 찾으십시오!

마음에 둔 사람이 있다면 내게 잘 해주는가만 따지지 말고 두루 살펴야 합니다. 어떤 원칙으로 행동하고 무엇에 만족하는지, 왜 그리 살았는지, 특히 부모친척과 왜 불화하며, 친하지 않은 평범한 친구들은 어찌 대하는지…….

아름답게 걸으십시오. 발이 바닥에 빠져들 듯 천천히 한 걸음씩. 고요하게 한결 같게, 몸가짐을 바로 하고 위엄을 지키며 그렇게 걸으십시오. 자신의 내면을 걸음과 행동으로 승화시키면 그것이 곧 순례입니다.

지식인 사회라는 실체가 무엇인지는 모르겠습니다만, 자기가 뭐든 모르는 게 없다고 생각하는 사람들이 세상을 제대로 경험하며 사는 사람들을 피곤하고 짜증 나게 만드는 일이 종종 벌어지는 곳. 그게 지식인 사회 아닐까요?

힘 좋고 잘 뛴다고 무조건 명마名馬가 아닙니다. 함께 뛰는 이의 마음을 잘 읽고 헤아리며 다른 군마에 휩쓸려 함부로 날뛰지 않는 품격을 높이 사 명마라 부르지요. 하물며 사람일진대……. 재능보다는 격과 덕을 갖추십시오.

때로는 순수하고 격하게
질문하십시오.
인간끼리 만들어 놓은
그 요란한 개념과 가설에 맞추어 묻지 말고
그대 자신에게 물어보십시오.
그런 개념과 가설로 답하지도 말고
그 뒤에 숨지도 마십시오.
그리고 다음 물음에 답해 보세요.

"넌 누구냐?!"

나무를 재어 보고 쪼개는 것으로는
나무의 본질을 알 수 없습니다.
씨앗으로 옮겨지는 생명과
흙, 물, 바람이 나무를 키워 내는
신비로운 과정까지 알아야 진짜지요.
역사도 인간도 그렇게 접근해야 온전한 지식이 됩니다.

좋은 음식을 적당히 조금, 즐겁게 음미하며 먹어야 합니다. 왜 질 떨어지고 미심쩍은 음식을 잔뜩 먹는 습관을 고집합니까. 어느 정도 먹어야 하는가를 재려면 자몽을 골라 보십시오. 남자는 큰 것, 여자는 작은 것. 그게 내 위장에 담아야 할 양과 엇비슷합니다. 그 정도 됐다고 느끼는 순간 식탁에서 일어나십시오. 식탁을 벗어나 밖으로 걸어 나가십시오. 별빛 내리는 산책길로 걸어 들어가듯 그렇게 걸어 나가십시오. 시를 쓰듯 드십시오. 이렇게 하면 먹는 것도 시가 됩니다.

물에 빠져 숨졌다고 말하지만
엄밀히 따지면 빠져서 숨진 것이 아니라
나오지 못해서 숨진 겁니다.
왜 거기서 허우적거리고만 있습니까?
일어서십시오!
헤엄쳐 나오십시오!
그게 우리에게 주어진 명령입니다.

어디에 주로 머무르고 들르는지를 보면
삶을 알 수 있습니다.
집, 회사, 카페, 술집, 유흥장…….
어떤 시간들에 머무르고 어떤 시간을 이어가느냐는 더욱 중요합니다. 경건, 통찰, 탐구, 웃음, 평안……. 그런 시간들에서 삶의 깊이가 결정되거든요.

날씨가 나쁠 땐 일단 웃어야 합니다. 자신에게 가족에게 이웃에게! 장마철에 기분 좋고 행복하려면 그렇게 하는 게 효과가 큽니다. 기분 좋아 웃을 수 있는 게 아니라 웃어서 기분 좋아지는 것입니다.

강을 오르는 물고기는
지나온 길을 돌아보지 않습니다.
잠시 흐름에 흔들리는 듯
그 자리에서 숨을 고른 뒤
다시 앞으로 앞으로 그렇게
상류를 향해 물살을 헤쳐 나가죠.

글썽한 시선으로
바라보지 않아도
세상의 모든 뿌리는
젖어 있습니다.

장미꽃에 왜 가시가 있느냐고 물으면 답하기가 난감합니다.
그건 본래 가시나무입니다.
잠깐 꽃이 핀 것일 뿐입니다.

분명한 이유가 있을 때,
다른 이들과의 즐거운 시간에,
그리고 홀로 집중해야만 할 때가 아니라면
음료는 가능한 한 물로 하십시오.

물 아닌 다른 음료는 음식이라 여기면 됩니다.
사실, 판매하는 음료는 대부분 불량식품입니다.

실수도 약점도 없다면
그 사람은 약한 겁니다.
빈틈이 없으니 혹독한 시련으로 무릎 꿇고 울어 보지도,
마음을 추스르며 일어서 보지도 못했을 거고,
그러니 그게 약점이 되는 겁니다.

이름과 명찰은 어떤 존재를 이해하는 데
편리할 때도 있지만 그 존재의 신비와 만남의 감격을
너무도 쉽게 가로막곤 합니다.

평온함을 얻으려면

줄일 걸 줄이고 키울 걸 키워야죠.

삿됨과 욕망은 줄이고 비움과 고독은 키우십시오. 사사로운 기분이나 정서적 긴장에 따른 고독 말고 우주와 신神의 광대한 고독에 주파수를 맞추십시오. 그런 다음 몸을 바로 세우고 숨을 천천히 깊게!

석양이 아름답다고요?

석양이 뭔가요?

석양은 태양과 구름과 하늘과 지평선에

나를 더해 놓은 것입니다.

'아름다움'은 사물 자체가 아니라 '사물들의 관계'이고

또한 사물을 특별한 방식으로

바라보는 나 자신에서 옵니다.

그대가 목을 빼고 기다리는
기회는 오지 않습니다. 왜냐고요?

이미 도착해 그대 뒤에서
그대가 돌아봐 주길
기다리고 있으니까요!

왜 행복하게 먹는 것보다 많이 먹는 것에 더 열중합니까? 첫 숟갈은 밥만 조금 떠 꼭꼭 씹으세요. 밥에서 나오는 모든 맛을 낱낱이 느끼며……. 다음은 밥에 다른 한 가지만 얹어서 꼭꼭 씹어 보세요. 둘이 얼마나 어떻게 어울리는지 세세히 느끼며…….

기운 냅시다!

빵만 있다면

웬만한 슬픔은 견딜 수 있습니다.

의지意志는 뜻 '의'에 뜻 '지'가 합쳐진 글자입니다. 의意는 뜻을 세운다는 의미이고, 지志는 뜻을 실천해 밀고 나간다는 의미죠. 그래서 의지意志에 따라 이루어진 것을 행동이라 하고, 조건에 따라 반응하는 것은 동작이라 합니다.

사람을 어떻게 들여다보느냐고요? 그의 말을 듣지 마시고 말하고자 하는 바를 들으십시오. 그리고 숨소리를 들어 보세요. 그 사람이 숨기고 싶은 것까지 들을 수 있거든요. 숨소리에 허위의식과 열등감, 외면당하고 싶지 않은 두려움까지 숨어 있습니다. 그리고 그 사람의 등을 바라보세요. 그 역량을 가늠할 수 있습니다. 뒷모습이 충실한 사람이 제대로 된 사람입니다. 뒷모습은 거울로 보며 꾸미지도 못하고 평소에 신경 쓰지도 않기에 있는 그대로의 모습이 고스란히 드러나거든요.

나룻배에 촛불을 켜놓고 미학 책을 읽던
시인 타고르는 일기에 이렇게 적었습니다.
"밤의 아름다움이 온통 나를 둘러싸고 있는데
나는 왜 그것을 외면하고
아름다움에 관한 책에만 파묻혀 있었을까.
촛불의 작은 빛 때문에
달빛이 내게 들어오지 못하고 있었다."

산은
높이로만 존재하는 게 아닙니다.
높으려면 넓어야 합니다.
또 산이 살아 있으려면
깊어서 온갖 것을 다 끌어안아야 합니다.

최선을 좇는 것이
항상 현명한 것은 아닙니다.
최적도 있고 적절도 있거든요.
뭐든 심어서 잘 자라야 하는 게 중요합니다.

행동하는 사람에게

침묵이 깃드는 것처럼,

2% 부족은

98%를 채우려 애쓴

사람에게 오는 것입니다.

이젠 어엿한 기자가 되어 나타난 제자들에게 했던 말.
"사회 현실 앞에서 진지하고 숙연해야 하지만
안간힘만 쓰다 보면 오래 지속하지 못한단다.
진지하되 가뿐하게,
경쾌하되 가볍지 않게!"

동료의 퇴임식에서
지난날의 궤적과 여정이 소개되는 걸 보며
'보보청풍기'步步清風起를 떠올렸습니다.
'걸음걸음마다 서늘한 기운이 인다'는 뜻이죠.
걸음마다 신념과 결의, 진정성이 담겨야지
허튼 발걸음이 있어선
안 된다는 생각을 새겼습니다.

짐이 무거우면
가벼운 걸로 바꾸려고 합니다.
하지만 그보다는
어깨와 허리를 튼튼히 하는 쪽으로
목표를 잡으십시오.
그게 성공하는 비결입니다.

젊은 날 남아프리카 출신의 성공회 사제가 저에게 '선교Mission'가 뭐라고 생각하느냐고 묻더군요. 그러면서 이렇게 말했습니다. "선교란 배고픈 거지가 빵을 발견하고는 친구 거지에게 냅다 달려가, 빵을 구했으니 함께 먹자고 하는 것입니다."

다들 리더십과 카리스마에 매달리지만,
그것은 청렴하고 진실되면 절로 따르는 것입니다.

"서예에서 종이, 먹, 붓, 도장, 글씨는 하나다. 그렇다면 누구를 버리랴. 나 없이 너 없고 너 없이 나 없으니 만물은 서로 돕고 섬긴다." 청강 선생의 글 한 줄로 지치고 후회 가득했던 날들을 씻어 봅니다.

까마득해 그만 주저앉고 싶어도 멀리 높이 솟은 산을 목표로 해 나아가세요. 몇 번을 넘어지고 굴러도 산이 거기 있음을 확인하는 한 길을 잃지 않는 법이니까요. 일어나 가세요. 먼 산을 향해. 희망이 절망이 되고 절망이 다시 희망이 되도록……

CHAPTER

03

땅 위를 바르게 걷는 것도 기적이다

모두들 자기가 옳다,
자기를 따르라 소리치는 세상입니다.
하지만 정말 필요한 사람은
불을 붙이는 사람이 아니라,
불이 꺼지지 않게 하는 사람입니다.
선동하는 사람이 아니라
이끄는 사람을 찾으십시오.

나를 위해 마련한 빵이라면 물질적 가치를 갖지만 내 이웃을 위해 마련한 빵은 정신적 가치를 갖는 법입니다. 분노와 함성, 슬픔에 우리 모두의 미래를 위한 진정이 담겨 있다면 그것은 우리 사회의 영혼을 이룹니다. 민주화 운동이 그랬고 세월호의 슬픔이 그렇습니다.

모두의 존경을 받는 탁월한 지혜의 스승이 강연을 하시다 치매가 도져 같은 내용을 세 차례나 반복하면서 강연장이 어수선해졌습니다. 다들 자리를 뜨려 하는데 스승께서 자신의 치매 때문에 일이 벌어졌음을 아셨습니다.
"뭘 기대한 겁니까? 생로병사 인생의 리얼한 모습이 펼쳐지는 이 자리에서 똑바로 지켜보고 깨우침을 얻지 못하면 어디에서 얻을 겁니까?"

문제를 발견하고
곧바로 자신의 사명으로 삼는 사람들,

그들은 영적인
삶을 사는 것입니다.

인간 사회는 문제이지만 또한 사명이기도 합니다.
또한 사명은 하나님의 기대이기도 합니다.
기자들이 문제를 문제로 보지 못하고,
사명도 잃어버린 시대가 참으로 슬프네요.

삶이
아름다웠으면
좋겠다고요?

흠, 그럼 먼저 온유하고 겸손해야지요.
그리고 다시 온유 겸손하고.
또한 끝까지 온유 겸손하면 됩니다!

무도의 길도 구도의 길도 마찬가지입니다.
부드러우면서도 굽히지 않아야 하고
강하되 드러나지 않아야 깨우침에 다가섭니다.

상처받고 남은 흉터는 그가 다쳐 아팠고 힘껏 견디어 낸 증명서와 같습니다. 부끄러운 게 아니라 자랑스러운 거죠. 자신을 찾기 위해 상처 입고 또 견딘 사람들은 모두 슬프고 강합니다. 그래서 아름답습니다.

산의 정상은 해발로 재는 것이 아닙니다.
앞질러 간 다른 이가 올라선 그 자리도 아닙니다.
더 이상은 오를 수 없다고 포기하려는 자신을
일으켜 세워 한 걸음 더 내딛은
그 자리가 그의 정상입니다.
우리는 이미 정상을 밟고 또 밟아 여기까지 왔습니다.

생의 문제는
해답을 찾아서 풀리는 게 아니라
내가 크고 넓어져
그게 더 이상
문제가 되지 않음으로써
풀리는 것입니다.

서로 옳다고 옥신각신 피곤한 하루를 보내며 문득 떠오른 생각. "태양을 꺼라. 그래야 캄캄해진다." 태양 너머 우주의 거대한 신비를 캐려는 사람에겐 태양 빛이 가려진 어둠이 필요합니다. 큰 진실을 보려면 나의 얕은 지식과 견해를 끌 줄도 알아야 합니다.

영혼에게
바른 길, 정해진 길이란 없습니다.
영혼은 그런 시간과 공간에 속박되지 않습니다.
영혼에겐 간절함의 길만이 있습니다.
눈앞의 존재들을 간절히 사랑해야 합니다.
그러면 우리의 가슴이 해방됩니다.

잠시 심장을 꺼냅니다. 메말랐던 내 것을 밀쳐두고 다른 이의 심장을 그 자리에 넣어 보세요. 그리고 세상을 둘러봅니다. 그의 심장으로 세상을 느끼세요.

'그랬구나, 그의 세상은.'……

다시 심장을 꺼내 내 것으로 되돌리지만 나는 더 이상 이전의 내가 아닙니다. 나는 관용과 이해를 더한 모습으로 깊고 따뜻해져 있을 겁니다.

미래가 우리 손에 달려 있다는 진실을 놓치지 마십시오. 이 모양으로 언제까지 계속 살겠다는 것인지 자신에게 물어보십시오. 목숨만 부지할 것인지, 이웃과 역사와 우주의 절절한 필요에 작게라도 응답할 것인지 결단해야 합니다.

어느 사회나 국가가 얼마나 문명화됐는가 하는 것은 가진 힘으로 소외되고 핍박받아 억울한 자들을 얼마나 배려하고 존중하는가에 달려 있습니다. 세월호 유가족에 대한 폄훼와 질시는 그래서 야만스럽습니다.

자신과 동생의 학비, 그리고 어머니의 약값을 벌겠다며 버스에서 껌을 팔던 한 소녀가장이 있었습니다. 승객들이 거스름돈을 사양하자 "구걸하러 나온 게 아니구요, 껌을 팔아 보태려고 나왔습니다. 껌은 한 통에 백 원입니다. 거스름돈은 받아 주세요."라고 차분하게 대답했습니다. 그 모습에 인생에서 가장 힘이 된 교훈을 얻었습니다.

리영희 선생께서 세상을 뜨셨습니다.
어찌 그리 세상 속내를 다 들여다보시냐고 물으니
"이보게, 신문에 다 나와 있어"라며
행간을 읽는 법, 추론하는 법을 일깨워 주셨는데…….
"내 속에 녀석이랑 친구 먹고 지내고 있소"라며
병을 친구라 부르기도 하셨지요.

맘껏 나아가고 싶을 때

한 걸음 물러서는 것,

그리고 나아가기 두려울 때

단호히 한 걸음 내딛는 것.

그것이 마음으로 하는 검도의 요체입니다.

한 걸음이란 이렇게

생명이 담긴 무엇입니다.

글자로 적히지 않은
책들을 읽으십시오.

사람들의 두려움,
슬픔,
놀람,
상처,
바람소리,
별이 지난 소리,
풀들의 기지개,
나무들의 나지막한 중얼거림…….

삶의 부대낌 속에서 솟아나는 감정들을 버리라는 것은 아닙니다. 중요한 것은 자신과 남을 도울 수 있는 힘을 찾아내는 것입니다. 늘 자신에게 빛이 되어야 합니다. 타인에게는 보다 침착하게 도움이 되어야 합니다.

약속을 어기고 제때 연락을 안 하며, 함께 하는 일에 불성실한 것은 일종의 괴롭힘입니다. 느닷없이 제멋대로 연락하고 갑작스레 바로 해내라 요구하는 건 포악함의 다른 이름입니다.

스마트 폰의 문제점이 뭐냐고요? 모두가 멋지고 성능이 뛰어난 계산기를 갖고 다니며 무엇이든 순식간에 계산해 내는 것 같지만, 다들 주머니 속에는 계산할 만한 값어치 있는 게 없다는 것입니다.

물위를 걷는 것만이 기적은 아닙니다. 땅 위를 바르게 걷는 것도 기적입니다. 사람은 평평한 땅에서 곁눈질 하다 넘어지고, 발을 걸어 남을 넘어뜨리는 유일한 동물이지요. 세월호 도보순례로 먼 길을 걷고 촛불로 모이는 사람들은 그러니 기적입니다!

미국이 자유민주주의를 잃어버리고 망할 뻔한 적이 있었습니다. 매카시란 마초가 공산주의와 전체주의가 미국을 위협한다며 난리를 치던 시절이었습니다. 자유와 소통이 가로막히고 사상이 금지되고 서로 앞다퉈 고발하고 공권력이 국익을 위한답시고 국민을 패던 바로 그때였습니다.

참된 인간의 조건은
황망함과 부끄러움입니다.

광활한 세계와 생명들의 처절한 운명, 그들이 얽혀 드는 역사,
그 앞에서 무능무지한 자신을 발견하고
당황하지 않는다면
겸허함과 지혜를 구할 수 없습니다.
그저 경박한 지식과 재주만 흘릴 뿐입니다.

길은 수직입니다. 온 몸으로 오르지 않으면 떨어집니다. 벼랑도 고개도 없이 평평히 다져진 길이 이어진다면 그건 늪으로 가는 길입니다. 그리 쉬운 길이 있다면 왜 여태 못했겠습니까. 그런 길을 놔주겠다고 하면 그건 속이 뻔한 정치꾼들의 수작일 뿐입니다.

비가 내리니 확연해지는군요. 비 오는 날을 궂은 날이라 타박하고 볕 있는 날만 화창하다 추켜세우다니……. 인간 위주의 좁은 생각이었습니다. 하늘이 내린 그 어느 날이 궂겠습니까? 모두들 날마다 좋은 날 되시길.

희망버스는 다시 등장할 것입니다. 힘없는 이들에게는 오만하고 권력자에게는 굴종함으로써 길도 잃고 힘도 잃은 언론을 향해 곧 올 것입니다. 두렵기만 합니다.

백척간두 낭떠러지에서
이게 나의 마지막 발걸음일거라 여기면서도
그 한 걸음에 진실이 달려 있다면
가야 한다며 내딛는 마음…….
그것이 바로 선심禪心 입니다.

죽이는 것보다
살리는 게 어렵고
살리는 것보다
기르는 것이 어렵습니다.

바른 깨우침을 얻고자 하는 선禪의 마음이란 무엇일까요? 그건 초심이고 존심인 듯싶습니다. 생전 처음 보는 듯 놀람과 경이로움을 잃지 않는 마음입니다. 또한 쏜 화살이 과녁에 꽂혀 떨림이 멎을 때까지 마음의 줄을 놓지 않는 마음입니다.

사람들은 현실에 반응하기도 하지만
자기 생각에 반응하기 일쑤지요.
특히 이념과 종교는 맹목적 반응을 불러일으키고
사람을 너무 쉽게 희생시켜요. 조심하시기를…….
옳은 길이라 확신할 수도 있겠지만
길이 우리를 속이기도 하니까요.

어떤 집을 철거하는데 천정기둥에 도마뱀 한 마리가 꼬리에 못이 박힌 채 살고 있더랍니다. 인부들이 지켜보니 다른 도마뱀이 먹이를 구해 오고 함께 밤을 보내더랍니다. 이것이 세상 목숨들이 서로 의지하는 순리이지요.

"뭐냐? 피자 먹는 일베 너희들은?"

유가족도 아닌데 왜 세월호의 목숨들을 잊지 못해 무너지듯 걷는 걸까요. 꺼이꺼이 슬픔에 목메어 울까요.

그것은 진실과 올바름을 향한
우리 영혼의 내적 중력입니다.
영혼 있는 이에게만 허락된 영적인 만유인력입니다.
소중히 간직하십시오.

삶은 음악하고 닮았지요. 규칙과 숫자보다는 느낌과 본능에 의해 주로 이뤄지기 때문입니다. 누가 왜 그랬냐고 묻거든 '내 가슴이 그렇게 시켰다'라고 말할 수 있으면 됩니다. 그런데 비정규직을 차별하거나 아파트 경비원을 함부로 대하는 사람들도 '내 가슴이 시키더라'고 답할까요?

오늘 붙잡고 있는 화두는 가난한 흑인 여성의 한 마디입니다. 빈곤과 학대, 부모의 죽음, 인종차별과 이혼을 겪은 그녀의 한 마디.

"모든 고난과 역경을 넘어
이제는 정말 혁명적인 일을 하나 하렵니다.
나는 행복해지겠습니다."

씨앗에 붙어 있는 귀찮은 껍데기를 허물어 내야 진짜 속 알맹이인 배胚를 만나는 걸까요? 아닙니다. 씨앗은 그 모두가 하나의 온전함으로 존재합니다. 인간의 구분일 뿐 그들은 서로를 구분하면서 따로 존재하지 않습니다. 대답해 보세요. 그대는 그대 자신의 껍데기인가요, 알맹이인가요?

흔들어 출렁이게 하는 건 하수, 붙잡아 고요케 하는 건 상수. 상대를 마구 흔들면 하수, 상대를 받아들여 어우러지며 더 큰 고요함으로 나아갈 수 있다면 그것이 진정한 고수의 길이지요.

사람들은 증오하고 괴롭히고 또 증오합니다. 증오를 멈추는 순간 자신의 참모습과 책임을 직면하게 되니 증오에 매달리는 것입니다. 자신의 진실과 함께하지 않는 한 언제나 거기서 맴돕니다. 그로써 신으로부터 단절되고 멀어지는 그것이 지옥입니다.

사람을 만나면
그 사람의 등을
잘 지켜보세요.

억지로 바람을 넣어 부풀린 가슴 말고,
있는 그대로 고스란히 드러나는 등에서 그를 읽으세요.
마주해 웃다가 뒤돌아 키득거리는 웃음도
등에 모두 드러난답니다.

전쟁은 인간의 가장 어리석고 야만스런 행동입니다. 평화로 가는 길은 평화뿐입니다. 수천수만의 목숨을 빼앗는 건 기술로 가능하지만 한 생명의 탄생은 아직도 풀리지 않는 신비입니다. 포악과 거짓을 넘어 아름답게 걸어갑시다!

"사람들은 전쟁을 시작할 때 이렇게 말하지. 목숨을 바쳐서라도 지켜야 할 가치가 있다고. 그러다 전쟁을 끝내야겠다 싶으면 이렇게 말해. 사람의 생명보다 더 소중한 게 세상에 어디 있겠냐고."

《은하영웅전설》에 나오는 이 명대사는 진실에 가깝습니다.

인간의 존엄을 잃고
현재 고통당하는 생명을 향해
내일을 이야기하면 안 됩니다.
그들의 이름은
'오늘'이기 때문입니다.
오늘!

진실은 결코
어렵지 않습니다.

그 마땅하고 당연한 것을
바로 보지 못하는 이유는 간단합니다.
술 취한 사람이 집을 못 찾는 것과 같습니다.
무엇이 우리를, 그들을
취하게 만들었는지 볼 일입니다.

슬픔은 공간과 시간을 건너
가슴에서 가슴으로 이어집니다. 아이를 먼저 떠나보낸 어머니. 딸을 잔혹한 범죄로 잃은 어머니. 아이에게 먹이지 못하고 대신 아파줄 수도 없는 어머니. 나 대신 내 안에 머물며 내 가슴에 들어온 그 모든 슬픔을 끌어안고 있는 이는 누군가요?

실책을 범하고 좌절하고 자괴감으로 위기에 빠진 그때가 극적인 자기 성찰을 이루어 낼 은총의 시간입니다. 모든 일이 잘 풀리고 박수갈채를 받을 땐 그런 극적인 순간이 찾아오지 않습니다.

세상에

비극과 재앙을

가져오는 건 두 가지입니다.

인간이 얻고 싶은 걸 못 얻어 발버둥치는 것.

그리고 인간이 움켜쥐고 싶은 걸

정말 움켜잡았을 때.

후자가 더 위험할 수 있습니다.

어느 영화 속에서
진리는 이렇게 찾더군요.

먼저 죽었다고 상상하세요.
그다음 죽음에서 나와 양로원으로 가
30년을 휠체어로 사십시오.
그리고 양로원에서 젊다고 쫓겨나
직장생활을 30년 하고
대학에 가세요.
소년이 돼 뛰어 놀다
아무 걱정 없는 아기가 되어 보세요.
그리고 자궁 속에서
눈을 반짝이며 숨을 거두십시오.

정의를 요구하는 신의 갈망이 우리의 내면을 뒤엎고
우리의 흐릿한 시대정신을 두드려 깨우며
불안케 하는 것이 역설적으로 우리의 평화입니다.
양심의 가책과 시대적 책임에 대한 번민 없이 편안한 그것이
바로 불의요, 파멸입니다!

'하면 된다'며 밀어붙이는 업적지향주의, 그로 인한 과로가 우리 사회에 폭력을 부릅니다. 숱한 요구에 떠밀려 가노라면 인내심이 바닥을 보입니다. 고요한 내적 세계와 고요한 지혜는 어디에서 숨 쉬고 있을까요? 그것이 평안의 근원입니다.

사회의 개혁에는

두 가지 방향이 모두 필요합니다.

사랑과 정의가 무너지지 않도록 지키는 구조개혁,

그리고 사랑과 정의를 낳는 구조의 구축입니다.

늘 세상과 싸우고 있거나 답답해 미치겠다면 이걸 잊어선 안 됩니다. 내 주위에는 경이롭고 까마득하고 놀라운 것들이 많다는 것을. 그 후에 증오와 분노가 아닌 선한 의지로 악과 어둠에 맞서 싸워야 합니다.

경건함은

외양도 아니고

엄격한 규율도 아니고

세상을 피함도 아니고

일생에서 삶의 밑바닥을 관통해 흐르는

겸허함이어야 합니다.

CHAPTER

04

십자가는 나무기둥이 아니다

교
회
가

공간을 채울 물질을 섬기면
타락할 수밖에요.
하나님마저 복 주는 산신령처럼 변신시켜
우상으로 세운 뒤 권력을 누리려 하죠.
신앙이란 마주치는 이웃에게서
하나님이 심어 놓으신
거룩함과 경이로움을 찾는 것입니다.

우리는 아름다움을 표현한 예술 작품을 감상하려고 전시관을 찾습니다. 하지만 아름다움은 또한 내 주위 어디에나, 누구에게나 있습니다. 그것에 눈 뜨는 게 영성입니다. 사람다워지려면 교회와 교리가 필요한 게 아니라 영성이 필요합니다.

악한 행위와 악한 역사를 불가피한 것이라고,
덕분에 얻은 것도 있지 않느냐고 하는
그런 주장이야말로 악한 행위이고 악한 역사의 부활입니다.
진정한 기독교 신앙은 그것을 용납하지 않습니다.
그래서 회개가 있는 것입니다.

깨달음의
'경지'란
없습니다.

깨우쳐 나가는 행위가 이어질 뿐입니다.
기도하는데 천사가 등장하거나
천국이 펼쳐지면 더 죽어라 기도해야 합니다.
천사와 천국이 사라질 때까지.

교회는 공간이
아니라
시간입니다.

그 마을 사람들과 함께한 땀과 눈물,
그 마을의 이야기가 되고
그 나라의 역사가 되지 않고선
결국 그곳에 뿌리 내리지 못합니다.
정복의 삿됨이 교회의 선교에
끼어들지 않도록 해야 하는 법입니다.

하비콕스는 자신의 존재 모두를 그 대상에게 던지며 삶을 결단하는 게 신앙이고, 교리나 신조를 진리라 여겨 부여잡는 걸 믿음이라고 굳이 구분해 불렀습니다. 교회가 그리스도를 교리에 가두는 것을 걱정한 것이지요.

몸과 마음이 건강할 수 있는 비결은
"규칙적으로 뛰며 즐거이 놀기"입니다. 내적 갈망에 따라 놀며 즐겨야지 의무나 경쟁심으로 하면 다칩니다. 좌선을 마친 선승禪僧에게 무얼 생각하셨느냐 묻자 답을 줍니다. "그냥 염주랑 놀았습니다."

무엇이 기도란 말인가요.

기도는 거짓과 위선, 오만과 무관심의 껍질을 깨고 뒤엎지 않는 한 의미 없는 것입니다. 기도는 하나님께 한 약속, 인간에 대한 예의, 내일의 희망…… 이것들을 파괴시키는 어두운 힘을 깨부수는 혁명의 몸짓이어야 합니다.

하나님을 만나고 지혜를 구하라는 것은
높은 경지나 우월한 지위에 도달하라는 뜻이 아닙니다.
그것은 간절히 부르시는 하나님과
애타게 찾던 우리의 만남이고 맺어짐일 뿐입니다.
그 외엔 바라지도 필요하지도 않음이 신앙입니다.

스승 베사리온과 제자가 바닷가를 거닐다 목이 말랐습니다.
스승이 바닷물을 마시라 해 제자가 마시니 맑고 달콤했습니다. 나중에 마시려고 병에 물을 담자 스승은

"무얼 배운 거냐. 하나님은 여기 계시고
또 어디에나 계시다"라고 하셨답니다.

평범한 것들과 일상적인 것들에 올바로 주목해 보세요. 교육도 뛰어난 자들을 뽑아내는 것이 아닌 평범한 이들을 기르고 보살피는 데 힘써야 합니다. 교회는 어떤가요? 사치스럽고 탐욕스럽고 오만하고 …… 그게 아니면 너무 자학적입니다. 자, 이제는 겸허하고 수수한 경건함, 평범한 고상함, 그리로 갑시다.

교회는

하나님의 선택을 받은 곳이 아니라

하나님을 선택한 사람들의 무리입니다.

기독교는 하나님을 대신한 종교 권력의 역사가 아닙니다.

진실되고 올바른 인간을 목말라 하면서

찾아 헤매는 하나님의 방랑의 기록입니다.

수도원에 관광객들이 밀려들고 시끌벅적해지자 제자들이 수도원장에게 몰려갔답니다. 이래 가지고서야 어찌 수행을 하겠느냐고 따졌지요.
원장님 왈,
"고요함이란 소리의 없음이 아닌
나의 없음이 아니겠습니까?"

전라도와 경상도의 경계선을 본 사람은 없습니다. 세상의 땅과 하늘에 그런 건 없지요. 우리의 관념 속에만 존재하는 것입니다. 그런데 우리는 그런 것들에 속박돼 조종당하고 있습니다. 부활절도 성탄절도 주입된 날짜 관념입니다. 다 때려엎으세요. 우리는 날마다 간절함으로 부활의 예수, 순결한 아기예수를 만나야 합니다.

하나님은

우리 자신보다

우리에게

더 가까이

계십니다.

하나님은 사랑과 기쁨으로
세상 모든 곳에 계십니다.
그러나 그대가 거기 없습니다.
아, 그대는 어디에 있나요?

그리스도는 어디 계신가요.
그분은 밑바닥에서 몸부림치는 사람들, 떠돌이, 소외된 이,
우리의 실패와 실수 안에 계십니다.
그 비밀을 깨닫는 순간 우리는 그 비밀의 일부가 되지요.

십자가는 나무기둥이 아닙니다.

삶을 어렵게 만드는 모든 것이

그리스도가 지신 십자가입니다.

더 나은 세상을 위해 노력하는 이들을

아프게 하는 모든 것이 그리스도의 십자가입니다.

가난을 위로하지만 가난한 자를 돌보지 않고, 탐욕을 경계하라면서 탐욕을 멈추지 않는 교회는 이미 교회가 아닙니다. 교회는 신의 대리자가 아닙니다. 예수 그리스도가 내걸린 십자가입니다. 고난과 구원의 십자가로서, 십자가답게 존재해야 합니다.

'하늘이 내려 준 권리'란

필수적이고 중요하다는 의미가 아닙니다. 천부인권은 하늘의 단호한 결의가 그 안에 담겨 있다는 뜻입니다. 그건 인간이 서로에게 정의롭기를 바라는 하나님의 신념이자 요구입니다. 그런데 국가와 교회가 그걸 가로채고 있습니다.

다른 이에게 군림하고 힘을 휘두르는 자가 종교 지도자로 불리는 건 가당찮습니다. 다른 이에게 가르침과 희망을 주되 묶어 두고 조종하지 않는 사람, 깨어나도록 이끌어 주되 억누르지 않는 사람. 종교 지도자는 그런 이여야 합니다.

희망을 품고 자신 있게 사랑하며,
이웃과 세상과 하나님과 화해하세요.
그리고 온몸과 온 마음으로
기꺼이 살아가고,
살아 있음을 감사합시다.

내 주위 어디에나 담겨 있는 아름다움을 알아차리는 게 영성입니다. 종교도 영성이 필요합니다. 빛나는 자리와 영광이 아니라 사람의 귀함을 볼 수 있으려면 영성이 필요합니다. 그것이 예수를 하늘에서 사람으로 내려오신 그리스도로 고백하는 교회의 본질입니다.

왕한테 아부하는 종교는 뻥입니다! 교회와 정치의 관계에서 기독교는 왕을 신처럼 모시는 사람들을 각성케 해서 신을 왕처럼 여기라 가르치는 것이고, 그럴 때 정치의 핵심은 신과 인간의 약속을 실현하는 것이 됩니다. 즉 평화와 평등, 자비의 실천이지요.

인생의 가치를 높이려면 잘 보고 분별하는 능력이 있어야 합니다. 사랑과 평화를 만들어 내고 키우는 것, 그리고 그것을 지키는 데 무엇이 필요한지를 알아차려야 합니다. 그도 저도 아닌 숱한 법과 제도, 토론이나 담론들과 하루의 일상들을 분별해 균형을 이루십시오.

할 일 가득하지만
마음은 편안히 촛불을 켭니다.
지겹다고 생각되는 일과 관계도
실은 뭇 생명들에게 맡겨진 일입니다.
그걸 느낄 때
나는 짜증과 번민에서 벗어나
나의 생명을 구원하기 시작합니다.

미국의 린든 존슨 대통령 당시 백악관의 대변인은 빌 모이어즈 목사였습니다. 모이어즈가 대표로 기도를 하는데 존슨 대통령이 짜증을 냈습니다.

"어이 빌. 크게 좀 해. 안 들리잖아."

모이어즈의 한 마디.

"조용히 하세요. 각하께 하는 게 아니거든요."

엄마가 아파 눕자 아이들이 나서서 집안을 치우고 서로를 돌봅니다. 또 무엇을 해야 하냐고 엄마에게 묻습니다. 이것이 진정한 대화가 아닐까요. 기도가 신과의 대화라 한다면 우린 오늘 무엇을 하고 무엇을 물어야 하나요?

내가 말하고 그분이 듣고,
그분이 말씀하시고 내가 듣고,
내가 말하지 않아도 그분이 들으시고,
둘 모두 말하지 않고 듣지도 않으나

이미 알아
빙긋 웃는 기도.

이것이 기도가 나아가는 단계입니다.

변
화
는

행동한 것의 결과이기도 하지만
때로는 버린 것의 결과이기도 합니다.
특히 크고 훌륭한 변화 중엔
버린 것의 결과인 것이 많습니다.

원칙 없는 정책,
자비 없는 발전,
노동 없는 부의 축적,
침묵 없는 배움,
관용 없는 종교,
깨우침 없는 예배.
이런 것들이 인류를 파멸로 몰고 가는 것들입니다.
간디의 가르침입니다.

"백인 선교사가 아프리카에 왔을 때 그들 손엔 성경이, 우리에겐 땅이 있었다. 함께 기도하자길래 눈을 감았다 떠보니 우리 손엔 그들 성경이, 그들에겐 우리 땅이 있었다." 투투 주교가 노벨상 · 간디평화상 수상자가 되어 미국 초청을 받았을 때 했던 연설 내용입니다.

교회, 성당, 절에서 마주치는 것들은 진리와 영성의 상징물들입니다. 그렇다면 진리와 영성의 실체는 어디에 있을까요? 그건 우리 자신에게 있습니다. 가정과 시장, 직장에서 마주치는 우리들 사이에 감추어져 있습니다.

어린 아이와 같아야 천국에 들어간다는 의미는 할머니 품에 안겨 배시시 웃는 아기와 같은 것입니다. 나이와 성별, 종교, 인종, 빈부귀천을 따지지 않고 자신을 내맡기니까요. 아기들은 할머니의 존재와 사랑에 반응하지, 소유와 이념에 반응하지 않으니까요.

거룩함과 고상함은

크면 클수록 고요하고
알아차리지 못하는 법입니다.
그러니 선동과 허세에 빠지지 마십시오.
거룩한 성직, 영험한 스승,
고결한 이념과 신조들을
시끄럽게 외치고
뽐내는 자들을 경계하십시오.

해가 뜨고 지는 아름다움과 산과 강의 정겨움,
아이의 해맑은 웃음과 정직한 이웃의 수고 앞에서
문득 걸음을 멈추고 감탄하며
그저 바라보는 자!
그는 이미 하나님의 창조에 동참하고 있습니다.

크리스마스엔
종종 기적이란 말이 따라붙지만
우리의 소원을 하나님이 척척 들어주시는 건
기적이 아닙니다.
인간이 하나님의 바람을 척척 이뤄 내는
그것이 오히려 진정한 기적입니다.

"교회는 하나님이 거하시며
우리를 치유하시는 곳이지
천국 가는 통행세를 받는 곳이 아니다."
프란치스코 교황이 말씀하셨다고 하네요. 아, 기자노릇 그만 두고 이분 경호원 노릇 하러 가야 할까 봅니다.

조직과 권력으로서의
교회는 정치와 분리되어야 합니다.
하지만
사회의 정의를 외치는 목소리,
권력자의 교만과 월권을 꾸짖는 외침,
낮고 추운 곳을 향한 자비,
모두의 평화를 바라는 기도에서
교회는 결코 정치와 분리될 수 없습니다.

마음을 담고
진정이 깃들면
말이 간결하고
강해지는 것이 느껴집니다.
예수의 쉬운 가르침에 비해
사도들의 복잡함,
신학자의 난해한 말도
그래서 버거운 것인가 싶네요.

예수의 진리들

값싼 처세술에 얄팍한 행복론,
기복주의로 덧칠해
수다스런 좌판 벌이듯하고
기계적으로 받아들이라 권하는
교회를 피하십시오.

크리스마스에 주목할 것은
동방 박사도 목동도 아닌
나그네와 임산부를 마구간으로 보낸,
따뜻한 방에 있던 메마른 사람들입니다.
그게 우리들의 모습이니까요.

우리가 자기 입맛에 맞게 길들이고 채색한 예수는 진정한 예수의 모습이 아닙니다. 예수를 만나려면 교회를 기웃거리지 말고 예수께 의지하여 스스로 교회가 되십시오.

교회는 시대의 저급한 욕망을 뒤따르며 헐떡거려선 안 됩니다. 시대의 아픈 갈망들 앞에서 역사를 헤치며 길을 터 나가야지요. 그래서 신앙은 고요히 물러나 성찰하다가도 뛰쳐나가 저항하고 투쟁하는 것입니다.

교회의 타락은
공간과 공간을 채울 사물을 우상으로 섬겨서 그렇습니다.
심지어 하나님도 공간에 눌러앉은 권력자로 변신시킵니다.
공간에 사로잡히지 말고 시간을 주목하세요.

건축물을 세우고 꾸미는 천박함을 따라가지 말고
나와 우리의 시간을
진실되고 떳떳하게 만드세요.
그렇게 시간 속에서
거룩함과 놀라움을 마주하려면
신앙이 필요합니다.

현실 속
인간의 아픔은

신에게 호소하는 언어이며,
고통당하는 인간에게 전하는
신의 위로이자, 불의한 자에게 내려지는
신의 경고여야 합니다.
종교지도자는 신과 인간이
가슴으로 만날 수 있도록
도와주는 역할을 해야 합니다.

어떤 일에 온몸,
온 마음을 다할 때
그것이 선이고 기도입니다.

가슴에서 비롯되고
영혼을 담은 그런 일이 됩니다.
그것이 이웃에게 전해질 때
그의 가슴, 그의 영혼도 함께 울립니다.

모래에 그림을 그리며 수행하는 수도승이 감탄할 만한 장엄한 그림을 모래밭에 남기고 있는데 뒤에선 아이들이 장난치며 그린 것을 망쳐 놓고 있었습니다. 누군가가 그 사실을 일러주자 그는 이렇게 말합니다.

"내겐 지금 이 순간이 선禪일 뿐
지난 것에는 마음 쓸 여유가 없습니다."

자신의 인격과 영성이 제대로 성장하고 있는지를 판단하는 방법은 이런 것입니다. 예배 시간에 침 흘리며 꾸벅꾸벅 조는 사람을 발견하는 순간,
"내 무릎을 베고 편히 자도록 해줘야 할 텐데……"라는 생각이 먼저 떠오른다면 합격입니다!

담쟁이처럼 기어서라도 나아가려면 기도와 성찰이 필요합니다. 자신의 뜻과 욕망부터 순결하게 만들어야지요. 순결하게 몸을 낮추었기에 기어서 앞으로 앞으로 나아갈 수 있고 뒤돌아보지도 도망치지도 조바심 내지도 않는 것입니다.

영성의 목표는
취하는 것입니다.

주어진 삶에,

열려진 가능성에,

사람에,

하루하루에,

순간순간에 ……

취하기. 알코올 없이.

영혼은 어떤 것으로도 꾸미지 마세요.
장식과 수식은 추함은 가려 주지 못한 채
영혼의 아름다움만 가립니다.

예수는 모든 진리에 열려 있고
모든 진리로 통하는 길입니다.
예수와 함께 가 만나세요.

만들어져 내걸린 신, 성전에 감금된 신은 인간의 그림자일 뿐입니다. 하물며 배부른 목사가 부른다고 이리저리 불려 다니는 그런 신은 세상에 없습니다.
예수는 달랐습니다. "헤롯 그 여우에게 전하시오. 난 오늘도 내일도 나의 길을 가겠노라고."

경건하게 산다는 것은

흔적을 바로 보는 것입니다. 화려한 교회를 볼 때 교권의 타락과 가난한 이들의 기도를, 거창한 권력자의 기념식을 볼 땐 민중의 소외됨과 갈구를. 민중과 함께하는 하늘의 뜻, 그 흔적을 놓치지 않는 것입니다.

좋은 선생도 찾아가고, 공부도 많이 합니다. 예배도 드리고 기도 시간도 갖죠. 그럭저럭 다 해봅니다. 그런데 왜 이렇죠? 뭘 더 해야 할까요? 이런 고민에 요한 압바는 이렇게 답했습니다. "불타올라라."

하나님은 줄줄이 이야기하시지 않았습니다. 한 번의 기회에 한 단어, 한 음절씩만 내놓으셨습니다. 어려운 일을 겪으며 겸허해졌을 때, 수많은 일들이 자비와 은총임을 깨달았을 때 그 음절들이 모여 짧은 한 마디가 되었습니다.

CHAPTER

05

민주주의가 도달점인가?

나는 그들의 화합과 힐링을 거부합니다.
우리에겐 정직하고 치열한
논쟁이 필요합니다.
이 권력이 국민에게 군림하려는 건지
종복이 되려는 건지.
그 주변에 꼬여 든 언론들이
권력의 시녀인지 시민의 동지인지를
제대로 따져야겠습니다.

권력은 결코 뒷걸음치지 않습니다.
언제나 더 큰 권력을 향해 나아가려 하죠.
그래서 어떤 권력과 지도자를 골라야 하는지가
더욱 중요한 것입니다.

권력이 오만해져
무엇이든 그대로 두지 못하는 데서 재앙이 비롯됩니다.
비판을 막고 카톡을 뒤져 수군거림도 쪼아내고…….
국민과 시대를 자기 아집 속으로 끌고 들어가려는 망상이 재앙의 시작입니다.

사람으로 산다는 것은

사람들 속을 누비는 것입니다.

지도자가 된다는 건

더 많은 사람들 속을

더 속속들이 누비며

함께한 뒤 전체를 조망하며

균형 잡힌 시야를 확보하는 것입니다.

우리의 길은

순례의 길 아니면

도피의 길입니다.

세속의 영화에 취하지 않고 초연하기 위해,

속임수뿐인 영광에 휩쓸리지 않고 홀로서기 위해,

요란한 유행에 굴복하지 않기 위해

우리는 어떤 선택을 해야 할까요?

실망한 나머지
정치를 버리지 마십시오.
두 번, 세 번 지리함과 실망이 반복된다 해도
거기서 시민의 정치적 각성과 과제를 찾아내십시오.
그것이 민주공화 시민입니다.

좌절과 실의를 극복하는 확실한 길은
내 꿈을 목표로 밀고 가는 대신 남에게 필요한 존재로 자신을
세우는 것입니다. 정치적으로 여러분을 필요로 하는 건
정당이 아니라 역사와 민주주의입니다.

인간의 위엄은 지배당하지 않는 데서 옵니다.
권력과 부로 위엄을 갖추는 건 위엄이 아니죠.
그런 사람들은 가진 것과 자기 욕망의 노예이기 쉽고
늘 전전긍긍하며, 사실은 허접함 속에서 살아갑니다.
부러움과 두려움, 분노에 지배당하지 않는 데서 위엄이 시작됩니다.

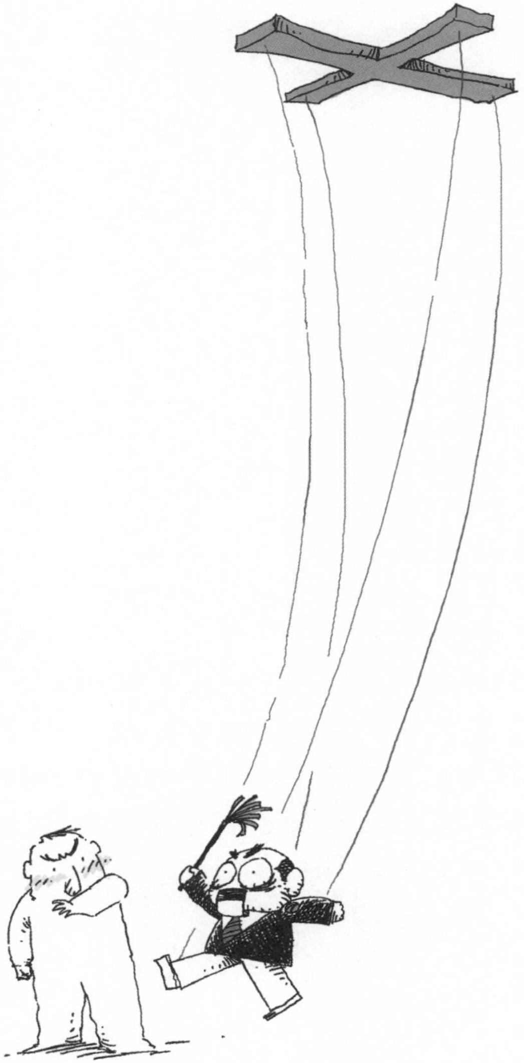

인간의 가치는 사라지고
시장의 가격만 남은 시대가 되었더라도,
인간에게 허락된 최소한의 가치가 유지되도록
통제하고 조정하는 것이
공권력에게 맡겨진 일입니다.

공정사회는 원칙대로 겨루되 힘이 모자라 패하거나 뒤쳐지면 승복할 수 있는 사회입니다. 정의사회는 뒤쳐질 수밖에 없었던 힘없고 억압받는 이들을 향한 따뜻한 배려와 헌신이 더해진 사회입니다. 그 정의를 제도나 법 없이 펼치면 그것이야말로 의로운 사회이지요.

"펜은 칼보다 강하다"는 서양의 교훈입니다.

동양에서는 "붓은 칼을 대신할 수 있지만

칼은 붓을 대신하지 못한다"고 말합니다.

혼란과 분노는

잘못된 게 아니라 우리의 힘입니다.

물론 혼란 속에서도 냉철할 수 있다면

분노로 세상을 바꿀 수 있습니다.

치열한 신자유주의를 버티어 내기 위한 개인 인프라 구축은 한꺼번에 몰아서 할 수 없습니다. 매일 매일 한나절 반나절 쌓아가야 가능합니다.

회색은 검어질 뿐 다시 희어지지 않습니다.
우리 사회의 공정과 청렴은
이미 대통령 측근과 정계, 관계 낙하산 인사로
오염되어 회복 불가능한 상태입니다.
모두 떠나십시오!

세상을 향해 나아가십시오. 사회의식을 갖되 정파에 소속되지 말고, 주어진 경로에 매이지 않고, 움직이며 일이 일어나는 그대로 받아들이되 과거에 회한이 없고 미래에 불안이 없도록. 밀면 밀리고 끌면 끌리고…… 돌풍 속의 깃털처럼 강물에 떠다니는 잡초처럼.

국가가 소유한 정보와 권력은 사회정의와 민주발전을 위해서 허용된 것입니다. 국민 누구나 정의를 원합니다. 문제는 국민들이 부정직하고 불의하게 권력을 잡고 또 그렇게 잡은 권력을 유지하기 위해 더러운 힘을 사용한 집단을 향해 분노하지 않는다는 것입니다. 그러니 권력은 더욱 기승을 부리는 것입니다.

법으로 금한 것을 어겼으니
죄가 된다는 건 좁고 그릇된 생각입니다.

인간에게
상처를 입히는 것이
바로 죄입니다.

위정자, 성직자, 기자처럼
공적 임무를 부여받은 이에겐
상처 입은 인간에 대한
뜨거운 동정심과 책임감이 결여된 것도
죄가 됩니다.

역사의 비극은 크고
슬픔은 짧습니다.
나는 지도자들이 부끄러움을 느끼고
소스라치게 놀라기를 기도합니다.
그래야 역사가 보이고 하늘의 뜻이 보일 테니 말입니다.
하지만 그들은 낯짝도 두껍고 심장은 더더욱 강철입니다.
처참하게 일그러진 우리의 역사를 보면서도
놀라워하지 않습니다.
바다에 생매장된 목숨들을 두고서도
빨리 잊으라고만 합니다. 어찌 이런 일이!!

인간의 도리는

진실과 정의를 사랑하는 것이지만

그전에 갖출 것은

진실과 정의를 사랑하는

마음가짐 자세를

사모하는 것입니다.

보수건, 진보건 그런 태도에서

관용과 이해가 나오는 것인데

지금의 사태는……

야비할 뿐 정말 이건 아닙니다.

해방은 권력자로부터 풀려나는 것이 아닙니다. 해방은 세상을 옳게 바꾸려는 선한 이들이, 기득권이 버티고 독점하던 역사 속으로 밀고 들어가는 것입니다. 강자들의 역사를 모두의 정의로운 역사로 바로잡는 것입니다.

땀 흘린 노동을 존중해야 하고 땀 흘리지 않고 챙기는 불로소득을 부끄러워할 줄 알아야 합니다. 이것을 회복하는 것이 국격의 시작이고 공정사회의 출발입니다.

한 사람의 시민은

하나의 민주주의입니다.

독재자가 힘을 휘두르자 그 스승께선 골목골목을 돌며 시민들에게 유인물을 돌렸답니다. 감시하던 경찰이 체포해 가방을 뒤지니 하얀 백지뿐이었지요.

"이게 무슨 뜻이요?"

"사람들은 모두 안다네. 그대도 알지?"

국민에게 위대한 개인의 길을 열어 줄 건지 국민을 지배하며 자기들의 욕망을 챙기려는 건지, 지도자로 자처하는 자들과 그 주변에 몰려든 패거리들을 잘 살피십시오. 그들은 우리의 길을 끊고 주위에 수렁을 파고 있습니다.

정치 지도자들의 도덕적 인식이 이토록 궁색한지에 다시 한 번 놀랍니다. 자신들의 오만과 무지로 인해 빚어질 비극의 깊이에 대해 천진하다 싶을 만큼 몰지각합니다. 어쩔 것이냐 이 나라를.

꽃에게는

최고로 만개하는 정점이 있지요.

하지만 뿌리에게는 정점이 없습니다.

그렇게 권력자와 민중은 다릅니다.

뿌리가 그렇듯

가장 연약한 지체가

세상을 지탱한다는 것을

잊지 마십시오.

노동자가 외치고 저항한다 해서 불순하다 생각하지 마십시오. 그것은 인간의 존엄이 외치고 저항하는 것입니다. 그리고 인간의 존엄은 결코 굴복하거나 사라지지 않습니다.

고집불통에 지칠 줄 모르고 권세를 좇던 사람,
기업가에게 손 벌리고 노동자에게 표를 달라던 사람,
선거 때만 되면 악수하고 안아 주던 사람,
양복 입고 회의만 하던 사람들이
결국 우리를 지배하지 않던가요?
분노하십시오, 깨어나십시오!

국가는 그 나라 국민이 맞닥뜨린
시련과 시련을 극복하는 태도에 의해
만들어진다는 사실을 역사는 보여 줍니다.
자신의 자유와 권리, 책임을 포기한 국민이
자기 나라에서 풍요롭고 행복하게 살았다는 말은
결코 들어 보지 못했습니다.
국민은 고통과 희생, 행동으로써
자신의 조국을 지킬 수 있습니다.
한 표의 주권 행사는 그 역사에 잇닿아 있습니다.

희망은 희망 없는 사람들을 위해 존재하고,
자유는 그것을 갈구하는
사람들을 위해 주어집니다.

지도자의 자리와 자격에 관한 담론들이 가득한 요즘. "이번은 포기하고 다음 지도자는 누구로 할까요?" 사람들은 묻습니다. 다음 지도자는 그 누구도 아닌, '우리'여야 합니다.
지금도 마찬가지입니다. 우리의 지도자는 바로 '우리'여야 합니다.

선거 때 유난히 달콤하던 정치권은 언제나 우리를 배신합니다. 그러나 정말 아픈 배신은 내 권리와 권위를 남에게 떠맡기고 팔아넘긴 우리 스스로에 대한 것입니다. 그렇게 배신당한 고통을 받아들이십시오. 그것이 우리를 다시 진실로 데려다줄 것입니다.

민주주의는 도달점이 아닙니다.
민주주의로 가고자
땀을 쏟는 모든 길이
민주주의입니다.

복지와 행복은
국가 재정에 달려 있지 않습니다.
복지의 기초는 재정이지만
복지의 실천은 권력이 정의를
발휘해야 하기 때문입니다.
이 정권이 지금껏 보인 정의감의 수준으로는
복지도 행복도 우리에게서 멀리 있습니다.

인간으로서 인간 그 이상이고자 하는 결의와 실천이 없다면 어느새 인간 이하로 그 수준이 내려갑니다. 인간이 모인 사회도 그러합니다. 민주주의 그 이상이고자 하지 않는다면 민주주의도 유지되지 못할 것입니다.

그 어떤 정치적 담론도
지혜로운 가슴과
있는 그대로 볼 수 있는 눈이 없다면
별 소용이 없습니다.

사람이 된다는 것은 나누고 얽혀 들어가는 것입니다. 행동하고 반응하는 것입니다. 놀라고 응답하는 것입니다. 인간의 혁명이란 그저 함께 서는 것입니다. 자기에게 주어진 그 자리에 그 순간 서는 것입니다. 우리가 촛불로 거리를 메웠듯이, 이집트 국민들이 광장에 섰듯이 그렇게 서는 것입니다.

어디에서건 절망치 말고 노력하기,
지금의 순간을 감사로 누리기,
지나가 버린 날에 묶이지도 말고
오지도 않은 내일로 피하지도 말기…….

행복은 길의 어느 끝에
있는 것이 아니라
길 그 자체입니다.

국가가
국민을 이끌고 지배한다는 생각은
허상에 불과합니다.
국가는 국민 안에서 잉태해
국민 안에서 깨어납니다.
국가 권력의 주술에 걸린 국민이 아닌,
살아 있는 국민에게서!

미국대통령 W. H. 태프트가 손님들을 초대해 만찬을 베풀던 중 막내아들이 무례하다 싶을 정도로 아버지를 비난했습니다. 영부인이 야단을 치라고 하자 대통령 왈.

"아버지인 내게 그랬으면 몰라도
대통령인 내게 했으니 헌법상의 권리요."

그것이 진실이든 민주주의든 너무도 명확한 걸 바로 옆에 두고 그렇게 먼 길을 돌고 돌아 땀 흘려 찾아야 하나 원망스러운 마음이라면……. 그게 아니올시다. 그런 먼 길과 수고가 없다면 오늘 그것을 마주쳤어도 몰라보았을 거라 여기십시오.

이 사과의 색깔이 붉다는 걸 어떻게 알았지요?
학교에서 그리 외우라 가르쳤으니 그런 것입니다.
기호와 상징에 속지 마세요.
정치사회를 살필 때 화려한 추상적 어휘와 관념을
무작정 좇지 말고 의문을 품으십시오.

통일은 대박? 노자는 쪼개어지지 않은 큰 통나무 대박이 되어야 마땅히 집의 기둥이 될 수 있다고 일렀습니다. 분열과 불통이 아닌 모두를 끌어안는 하나 됨의 대박이 참 도의 길이란 가르침입니다. 대통령이 알고 쓰신 말이겠지요. 설마 로또 이야기일까요?

창조는 구태를 버리고 뒤집는 것이지,
경제를 살리는 묘수가 아닙니다.
과학은 실익을 떠나 사실과 이치를
궁구하는 순수 열정이지,
돈 벌고 일자리 만드는 수단이 아닙니다.
그런데 '창조 과학'으로
당장의 대박을 기대하다니요.

힘을 가진 자가
법대로 하자고 하는 그때가
가장 교활하고 위험한 때입니다.

사랑은 모두를 하나로 보려 하고
어리석음은 자꾸 구분하려 합니다.

국민을 국민과 노동자로 나누는 게 어찌 가능하며, 수익을 챙길 소수와 주머니를 털릴 다수로 나누는 일을 어찌 국가가 나서서 밀어붙입니까.

잘못된 일에
비분강개하고 나서는 건 '용기'이고
잘못이라 하는 지적에 분노하는 건 ……
흠, '두려움'이라고 봐야겠지요.

세상을 바꾸는 힘의 기본은 온유함과 책임의식, 반성의 실천입니다. 책임 못질 일만 하고 반성은 아예 없고, 광포하다면 세상을 더럽힐 뿐입니다. 저렇게 못난 인간들이었던가요.

그들은 우리를 보고 혀를 차지만
우리에게 그들은 공포입니다.
한 생명이 태어남은
아직도 풀리지 않은 신비인데
숱한 목숨들의 생명터를 빼앗으면서
그들은 그저 계획이라고 합니다.

CHAPTER

06

저널리스트들은 기록하라—

기자는
묻고 관찰하는
사람입니다.

인간의 삶 속에서 무슨 일이 일어나고 있는지,
시대의 사건과 변화가
인간의 운명을 어떻게 바꾸고 있는지,
그리고 우리가 무엇을 해야 하는지…….
궁극의 관심은 인간의 정황情況이 되어야 합니다.

기자에게 위험한 일은

시대정신과 가치관은 달라지는데
변화의 압력은 가장 늦게,
그리고 가장 약하게 받는다는 것입니다.
때론 힘을 가진 '갑'이기 때문에,
까칠하고 치사해서 피해 가야 할 존재들이기 때문에
진솔한 충고도 얻기 힘들지요.

영성은 내가 원하는 게 무언지 아는 게 아니라
나를 필요로 하는 존재를 인식하는 것입니다.
기자 또한 내가 원하는 걸 좇지 말고,
나를 필요로 하는 곳을 주목해야 합니다.

뛰어난 기자가 되고 싶다면
직속상관의 명을,
훌륭한 기자가 되려면
공익을 따라야 합니다.
그리고
오직 기자가 되고자 할 뿐이라면
자신의 양심을 따르면 됩니다.
양심과 상식, 국민의 권리가
기자의 지휘관이 되어야 합니다.

가끔 후배들에게 "기도해라. 저널리스트에겐 기도가 꼭 필요해"라고 말해 주면 고개를 갸우뚱합니다. 고단함과 난처함, 궁핍함을 만나면 사람들은 눈치 보며 계산하기 시작하거든요. 그때 기도는 우리의 희망과 결정을 바로잡고 순결케 합니다. 모쪼록 깨어 기도하기를!

언론의 자유는 언론사주社主의 자유가 아닙니다. 언론을 통제하려는 권력의 자유도 아닙니다. 국민의 듣고 따질 권리입니다. 언론의 자유가 몇몇의 자유가 되면 차라리 없는 것보다 위험합니다. 그래서 우리는 싸웁니다.

진실을 파헤치라면

객관성을 핑계로 빠져 나갑니다.

객관성을 가지라면

양쪽을 공평히 다루겠다며 물러섭니다.

이젠 아예 공평도 벗어던지고

기득권을 지키는 수구언론 역할을 자처합니다.

그렇게 기자 비슷한 존재도 아닌,

도무지 기자일 수 없는 자가 되어 갑니다.

기자는
목표를 향해 뛰면
안 됩니다.

꿈과 목적에 매달리면 좁아지거든요.

멈춰야 합니다.

멈추고 호흡을 고르면

현실을 바로 보게 되고

할 일을 알게 됩니다.

언론의 책무는 그렇게 시작되지요.

그런데 기자와 언론이

죄다 잘 되어 보려고 냅다 뛰고 있으니…….

기자의 시선은 권력과 그 집단들보다 시대와 시대 구성원의 운명에 집중해야 합니다. 사건의 근저에 흐르는 시대를 읽어야지 겉모습에만 빠지면 안 됩니다. '누가 대통령'이 아니라 '시대와 역사가 어디로'를 전해야 합니다.

법과 제도가 허락한 자리라 해도 명예가 허락하지 않으면 내려놓는 게 마땅합니다. 명예란 안주하고 출세하는 데 쓰는 것이 아니라 더 소중한 명예를 계속해 쌓아가는 씨앗으로 써야 합니다. 썩은 씨앗을 국민의 방송 맨 윗자리에 놓으면 무슨 소용인가요.

기자도 울 줄 알아야 합니다. 침착하고 냉정하게 임무를 수행하려다 보면 본능적으로 주변 상황에 대해 심리적 방어막을 만들게 됩니다. 그대로 굳어지면 기자의 성정은 차갑고 메말라 가죠. 기자처럼 보이나 기자답지는 않게 됩니다. 그럴 때는 잠시 물러나 울어야 합니다.

도대체 뭐라고 보도하는지 들어나 보자며 신문과 방송을 열어 보는 시대라면, 정 할 게 없을 때 뉴스를 들추는 시대라면 기자란 과연 무엇일까요?

"저 나무의 높이가 얼마나 될까요?"
나름의 방법으로 재어 보고
답을 내놓겠지만 저널리스트는
"저는 정확히 모릅니다"라고
답하는 게 옳습니다.
저널리스트가 취해야 할
올바른 태도가 무엇인지
질문을 받을 때 종종 하는 말입니다.
겸허히 더 배우고 더 찾아내십시오.

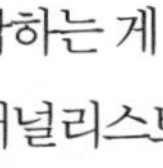

"당신이 억압자와 하나라는 걸 깨달을 때 당신은 비로소 억압자에게 맞설 수 있다." 메이저 방송과 종편들의 행태를 보면서 베르니에 그라스만의 충고를 다시금 되새깁니다. 과연 언론은 권력의 나팔수에서 벗어날 수 있을까요?

수십 년을 기자로 산다는 것은
세상의 온갖 나쁜 일, 썩은 것에 대한
감각을 잔뜩 곤두세운 채
그런 것들을 머릿속에 담고 살아가는 삶입니다.
심신이 맑고 건강하지 않으면
세상을 사랑하는 일 역시 어렵습니다.
모두들 지치지 않고 강건하기를!

훌륭한 위인에게도 흉한 과거가 있는 것처럼, 악한 인간에게도 새로이 거듭날 미래가 있을 것이니 분노하더라도 죽도록 미워할 일은 아닙니다. 그러나 한번 악해진 조직과 이념에게는 그런 미래를 기대하기 어렵기에 늘 경계하고 막아서야 하는 것이 저널리즘입니다.

시대 현실을 이용해 사리사욕을 채우려는 사람들은
대신에 가진 자유를 포기해야 할 것입니다.
그들 스스로 노예가 되었으니까요.
남을 앞설 수도 있겠지만 영혼을 잃고 말 것입니다.
거기에 믿고 따르려는
이들이 포함되는 건 비극입니다.
기자, 변호사, 목사, 교사…….

토론사회자는 몰라도
뉴스앵커는 중립을 지키는 것이
목표가 되어서는
안 된다고 생각합니다.

사람을
취재할 땐

그가 성실하기만 한지,
혹은 성실하면서도
정직한가를 살펴야 합니다.
성실하기만 해선 선전과 선동에 갇히게 됩니다.
맹목적 신앙이나 정치적 맹종처럼요.
정직한 사람들은 끝없이 사실에 열려 있습니다.
그들은 자기 자신, 자기 집단이 불리해져도
사실을 인정합니다.

모두가 비슷하게 생각하고 있다는 것은
결국 아무도 그 사안을 깊이 있게
궁구하지 않았다는 의미입니다.
모든 기사가 비슷하다면
그건 다들 홍보자료나 홍보 브리핑을
베껴 썼다는 뜻입니다.

오늘날 저널리즘은 그 저널리즘을 필요로 하는 절박한 상황과 너무도 동떨어져 있습니다. 그래서 사회문제에 대한 해결책은 저널리즘에 실리지 않는 것입니다. 지금 저널리즘은 자기를 필요로 하는 곳이 아닌 금권과 권력의 곁에서 농락당하고 있습니다.

교회도 언론도 마찬가지입니다.

이웃들의 삶과 처지에 대해 책과 자료와 전문가가 뭐라 말하는지가 아니라 그 삶 자체가 무엇을 소리치고 호소하는지 찾아야 합니다. 삶과 운명에 관심을 갖고, 귀 기울이고, 변혁에 나서야 합니다.

사람들이 내는 시끌벅적한 소리들을 잘 들어 보세요. 자신이 외쳐대 온 소리들도 다시 귀 기울여 들어 보세요. 문득 허공이 보일 때가 올 겁니다. 외치고 주장한 그 모든 것이 실체가 전혀 없는 텅 빈 것임이 느껴질 때가 있습니다. 그러면 기자스럽지 않은 기자가 되는 길이 열립니다.

치열한 저널리즘 현장에서
공정해지겠다는 결심은
너무나 순진해 보이고,
부조리에 대한 감각은 무디기만 합니다.
불의에 대해선 너그럽고, 분노는 소극적입니다.
묻어가기와 거드름, 자기연민으로
무엇을 꿰뚫어 보겠다는 것인가요!

사회에는 소정(?)의 양식이라는 게 있습니다. 그런데 최소한의 양식도 갖추지 못한 사람들이 공정과 균형을 거론하며 진실을 침묵시키려 하다니요. 방송심의위원회가 어이를 상실한 근본적 원인은 민주적 가치보다 전제주의로 쏠리는 지금의 정치 지형에 있습니다.

자유롭고 책임감
있는 것처럼 행동할수록
의도가 깔린 허위 동작이거나
멋모르는 기계적인 동작일 때가 많지요.
전자는 정치인에 많고
후자는 기자에게 많고…….

CHAPTER

07

자신 있게 사랑하고 있나요?

정의만으로는 평화를 이룰 수 없습니다. 신념과 의무를 넘어서는 대가 없는 헌신과 봉사가 있어야만 하죠. 정의의 한계를 넘어서는 사랑과 용서의 능력이 사회에 어느 정도 갖춰져 있어야 합니다. 정의는 때로 서로 다르지만

사랑과 용서는 다르지 않거든요.

사랑하는 사람이
사랑을 만들지요.

힘들고 화도 나지만
고뇜과 실망은 나의 느낌일 뿐,
나 자신은 아님을 잊지 마세요.
구름이 푸른 하늘을 가릴지언정
더 어쩌지 못하듯 그렇게!

사랑도 착한 일이고 친절과 봉사를 가능하게 하지만, 사랑과 친절 봉사는 엄연히 다릅니다. 봉사는 노크하고 허락을 구해야 하지만 사랑은 그럴 필요가 없으니까요.

왜 힘든지 아세요?

따지고 일하는 데 너무 많은 시간을 쓰고,

사랑하는 데는

너무 적은 시간을 쓰니까

그렇습니다.

일을 할 때 함께 어울리는

즐거운 놀이로 여기고 해보세요.

온몸과 온 마음으로 말입니다.

그것이 영성이고 깨우침입니다.

구원과 해방은
고통에서 건져내는 것이 아니라
고통의 원인인 무지와 증오, 탐욕을 벗겨 내어
스스로 일어서게 하는 것입니다.
종교 없이는 살아도
사랑과 자비 없이는 살 수 없습니다.

금욕보다는 절제를 배워야 합니다. 만나고 먹는 걸 진정으로 즐긴다면 절제는 절로 이루어질 수 있습니다. 즐기다가 말썽이 생기는 것은 즐거움을 아끼며 사랑하지 않고 즐거움을 과식하니까 벌어지는 것입니다. 내 곁의 존재들을 아끼십시오.

아이들을 잘 키우는 방법은 간단하고 분명합니다. 아이들이 좋은 것들 속에서 놀도록 해주는 것이지요.

좋은 부모형제, 좋은 친구, 좋은 마을, 좋은 책…….

훌륭한 사람이 되려면 먼저 좋은 동물이 되어야 합니다. 기운 넘치고 본능이 팔팔 살아 있는 생명체로 존재해야지요. 그런 존재가 못 되면 주위 사람에게 너그럽기도 어렵습니다. 그런 사람은 자기를 사랑하기도 어렵고요.

지난일은 잊고
오늘에 집중하라는 말의 현실적인 뜻은
과거 일을 잊어버리라는 게 아닙니다.
과거와 그 기억에서 뿜혀 나오는
애증의 감정을 비우라는 것입니다.
얼마나 사랑했는데, 얼마나 괴로웠는데…….
그래서 어쩌겠다는 것입니까? 비우십시오!

세상에서 없애야 할
단 하나의 악惡이 있다면
그것은 두려움입니다.
무너질까 사라질까 두려워
총을 쏘는 것이지요.
또한 당할까 두려워 보복하는 것이고요.
그리고 단 하나의 선善이 있다면
그건 사랑입니다.

내가 곧 숨을 거둘 것이며,
단 한 사람에게 한 번만 전화를 걸 수 있다면
누구에게 전화해 무슨 말을
하고 싶은지 생각해 보세요.
되셨나요?
그럼 지금 전화를 걸어 보세요.
하고 싶은 말을 하십시오.
그리고 아쉽게 밀려난
2순위, 3순위에게도 전화하세요!

가장 현실적이고 인간적인 문제 중 하나는
도대체 왜 내 아이가
나를 공경해야 하냐는 겁니다.
무얼 보여 주고 무얼 가르치고
무얼 준비시켰다는 거죠?

처음으로 참새를 보고 흠뻑 빠져 있는 아이에게 엄마는 이렇게 말합니다. '그건 별 볼일 없는 참새라는 새야.'

그런데 다음날 새가 아이를 알아보고 날아왔을 때 아이가 이러더랍니다. "나 이거 뭔지 알아. 그냥 참새일 뿐이야." 주위에는 이렇듯 만남의 신비를 무너뜨리는 것들이 많습니다.

많은 인생의 선배들이 충고하듯

나를 사랑해야 할 사람은

나 자신입니다.

내가 아니면 누가 나를 온전히

언제까지고 품어 주겠습니까.

먼저는 나만의 독특한 내가 된 후,

그런 나를 사랑하면 됩니다.

그게 좋은 세상을 만들어 가는 것이죠.

그리고 거리로 나가 또 다른 독특한

'나'들을 반갑게 만나보십시오.

가장 큰 지혜는

어떻게

사랑하느냐의

문제입니다.

선이 악을 물리치고 빛이 어둠을 내쫓는다고 말합니다. 그러나 빛은 어둠을 걷어 내는 것이 아니라 품어 안습니다. 그리스도도 십자가를 짊어진 게 아니라 그 운명을 사랑으로 끌어안으셨던 것입니다.

착한 사람도, 공부 잘하는 사람도 말고, 관찰을 잘하는 사람이 되라고 하세요. 겨울 창가의 양파는 어떻게 뿌리를 내리는지, 사람은 언제 웃고 언제 우는지. 오늘은 학교에 가서 도시락을 안 싸온 아이가 누구인지를 살펴보고 함께 나누어 먹으라고 하세요. 아이에게 그걸 가르치세요.

학교와 학원에서 학생들은
왜 부정과 비리를 거부하지 않는 거죠?
우리는 왜 아이들이 장래에
어떤 사람이 될까 노심초사하면서도
아이가 지금 어떤 사람인지는
걱정하지 않는 거죠?

게임하는 아이를 미워하실 것이 아니라 게임을 미워하셔야죠. 게임 방식이나 태도에서 아이는 자신을 드러냅니다. 그걸 살펴 아이를 발견하고 이끌어 줘야죠. 어리니까 놀기만 하는 게 아니라 놀아야 하기 때문에 어린 겁니다.

무위당 선생의 가르침입니다.

"어느 누구도 남을 낮추어 볼 자격은 없어.

해와 달이 어찌 물을 가려서 비추겠는가.

밤이면 달처럼,

낮이면 해처럼

사랑할 수 있기를……."

영성의 기초는 순명殉名입니다.
평소에는 규율을 엄숙히 존중하고 따릅니다.
그걸 깨뜨릴 만한 유일한 이유가 있다면
사랑 때문이어야 합니다.
성경책과 빵을 바꿔 가난한 이들에게 먹인
어떤 성인은 이렇게 말합니다.
"'네 모든 걸 바쳐 이웃을 섬기라'는
그 말씀마저 팔았습니다."

행복은 일과 이웃을 사랑하는 데 있고,
불행은 이득과 힘을 좇는 데서 비롯됩니다.
얼마나 많은 마음과 마음들이
이득 앞에서 권력 앞에서 핏발을 세우던가요?

품격과 덕을 갖추려면
물을 제대로 마셔야 합니다.
와락 따르고 벌컥 들이키지 마십시오.
진중히 따르고 정겨이 바라보세요.
안부를 물으며 고마움을 전하고
잔을 들어 입으로 끌어오고
애틋하게 내려놓으세요.

사랑하니까요.

우주의 관점에서
우리 존재란 먼지에 불과하고
우리 삶도 흩뿌려지는 부스러기일 겁니다.

그러니 오늘 이 순간,

내 옆의 누구, 한 조각의 빵이 얼마나 소중한지요!

우리는 실로 가슴 벅찬 경이로운 존재들입니다.